Der Katzenwürger

Anmerkung der Autorin

Die Personen, Firmen und Schauplätze der Handlung sind frei erfunden. Ähnlichkeiten mit lebenden oder toten Personen sind zufällig und unbeabsichtigt. Die Handlung spielt im Zürcher Oberland, aber die Orte, sind einfach typische Oberländer Gemeinden und Städte, die es in der beschriebenen Form nicht gibt, auch wenn gewisse Details vielleicht zufällig an bestehende Orte erinnern können.

Das Titelfoto zeigt Böbbeli, die Katze meiner Tochter.

Ursula Wintsch

Der Katzenwürger

Bibliografische Information der Deutschen Nationalbibliothek
Die Deutsche Nationalbibliothek verzeichnet diese Publikation in der
Deutschen Nationalbibliografie; detaillierte bibliografische Daten sind
im Internet über http://dnb.dnb.de abrufbar.

© 2015 Ursula Wintsch
Satz, Umschlaggestaltung, Herstellung und Verlag:
BoD – Books on Demand
ISBN 978-3-7357-0669-0

Prolog

Das erste Opfer fand ihn, nicht umgekehrt. Er hatte auch nicht vor, es zu töten. Er war einfach nur verzweifelt.

Nach einer Nacht, in der er sehr schlecht geschlafen hatte, war er mit bösen Vorahnungen erwacht. Tatsächlich traf es ihn dann noch schlimmer, als erwartet. Nun befand er sich auf dem Heimweg, obwohl es dafür viel zu früh war. Er hätte sich in ein Café setzen können, aber er wollte allein sein. Er musste ungestört seine Gedanken ordnen können.

Also fuhr er ziellos herum, bis er im Naturschutzgebiet einen leeren Parkplatz entdeckte, der normalerweise von Spaziergängern am See besucht wurde. Aber bei dem heutigen Nieselwetter war er unbenutzt.

Zuerst wollte er im Auto sitzen bleiben, aber da fühlte er sich eingesperrt. Deshalb stieg er aus und ging in Gedanken versunken am Bach entlang.

Die Bank war durch Weiden etwas von der Nässe geschützt, sodass er sich hinsetzen konnte. Er überdachte seine neue Situation. Was konnte er noch tun? Seine Verzweiflung wurde grösser und je länger er nachdachte, umso weniger fand er eine Lösung.

Plötzlich merkte er, dass er beobachtet wurde. Sie stand ungefähr einen Meter von ihm entfernt und betrachtete ihn aufmerksam. Als sie erkannte, dass er sie bemerkt hatte, stiess sie einen begrüssenden Laut aus. Er lächelte. Augenblicklich hatte er das Bedürfnis nach Wärme.

Er lockte sie her und sie kam. Sie setzte sich zutraulich neben ihn. Er streichelte sie und jetzt setzte sie sich auf seinen Schoss.

Das konnte doch nicht sein, dass er hier sass und eine Katze streichelte. Er, der Katzen hasste.

Das brachte ihn dazu, seine verkorkste Ehe zu analysieren. Das Streicheln wurde immer mechanischer. Die Katze miaute und wand sich unter seinem harten Griff. Er klemmte sie zwischen die Beine. Er wollte sie nicht loslassen. Das ganze Übel seiner Situation hielt er hier stellvertretend in den Händen. Der Hass wurde grösser und er drückte zu.

Irgendwann stellte er fest, dass das Tier stillgeworden war. Er liess sie los und sie fiel zu Boden. Sie regte sich auch jetzt nicht, rannte nicht davon. Nach einer Weile begriff er, dass sie tot war. Entsetzt sprang er auf. Er hatte sie umgebracht!

Er lief einige Schritte davon und blieb wieder stehen. Er sah zurück zu dem Häufchen Katze neben der Bank. Er konnte sie nicht so sichtbar liegen lassen. Er ging zurück, nahm sie mit einem Ekelgefühl und schleuderte sie ins Gebüsch.

Vorsichtig schaute er sich um. Nirgends war jemand zu sehen. Ein Gefühl der Erleichterung ergriff ihn. Nicht nur, dass er seine Tat unbeobachtet verübt hatte, die Tat selbst hatte ihm den Druck genommen.

Aber er musste seine Hände waschen können und er brauchte etwas zu trinken. Er ging zu seinem Wagen, stieg ein und fuhr davon.

Teil 1

Vor einem Jahr

Adrian Bürger sass an seinem Arbeitsplatz und schaute ins Grossraumbüro. Als Hauptbuchhalter hatte er einen etwas abgeschirmten Arbeitsplatz, der ihm aber doch Blickkontakte zu den anderen Schreibtischen erlaubte.

Seit es das Rauchverbot gab, machte er öfters eine Denkpause, während der er ein Bonbon lutschte. Das dauerte ungefähr gleich lang, wie er früher für eine Zigarette benötigt hatte.

Es war Mitte Monat und der letzte Monatsabschluss schon seit einer Woche vorbei. Jetzt plagte er sich mehr mit Bilanzstatistiken herum, eine Arbeit, die er nicht gerne machte. Deshalb nahm in dieser Zeit sein Konsum an Süssigkeiten spürbar zu. Aber er kaufte immer zuckerlose Produkte, sodass wenigstens seine Zähne geschont wurden.

In dem Raum sassen neben einem Kollegen noch sechs andere Buchhalterinnen. Sie waren nach Sachgebiet gruppiert. Vorne links von ihm, die Damen der Debitorenabteilung und, im hinteren rechten Teil, diejenigen, welche die Kreditorenrechnungen bearbeiteten. Dazwischen Dominik Schuhmacher, der eigentlich Debitorenbuchhalter war, ihn aber auch am Monatsende und vor allem beim Jahresabschluss unterstützte.

Adrian seufzte, schluckte den Rest des Bonbons herunter und wandte sich wieder seiner Arbeit zu. Heute hatte er extrem Mühe sich auf seine Zahlen zu konzentrieren.

Er hasste die Kuchendiagramme und Vergleichsstatistiken, obwohl er einsah, dass sie der Geschäftsleitung einen schnellen Überblick verschafften. Aber die mussten sie ja auch nicht erstellen.

Wieder liess er den Blick schweifen und blieb an Liliane Nachbauer hängen. Sie sass ganz hinten im Raum, hatte, von der Lichtverteilung her, den schlechtesten Arbeitsplatz, aber eine gute Sicht zu ihm.

Sie war etwas pummelig, weshalb sie auch schnell ungepflegt wirkte, aber wenn er in ihre Nähe kam, roch sie immer nach frischem Duschmittel. Auch ihre rostbraunen Haare waren immer sauber. Sie wirkten nur strähnig, weil sie ihr ohne Locken fast auf die Schultern fielen. Der schlechte Eindruck entstand mehr durch ihre unvorteilhafte Kleidung und weil sie einfach kein Selbstbewusstsein ausstrahlte. Sie wurde nicht gerade gemobbt, aber man konnte auch nicht behaupten, dass sie mit den Kolleginnen befreundet war. Man grüsste sie, bezog sie aber nicht in die Scherze am Kaffeeautomaten ein. Deshalb ging sie meistens erst Kaffee holen, wenn die anderen ihre Pause beendet hatten oder sie trank ihn am Arbeitsplatz, was nicht gerne gesehen wurde. Das grenzte sie weiter aus.

Adrian hatte sich schon manchmal gefragt, weshalb sie blieb. Sie war tüchtig und hätte von der Qualifikation her sicher eine andere Stelle gefunden. Dann waren ihm ihre Blicke aufgefallen. Sie beobachtete ihn verstohlen. Wenn sie sich ertappt fühlte, lächelte sie ihn entschuldigend an.

Alle paar Tage richtete sie es ein, ihn beim Kaffeeautomaten zu treffen. Aber nur, wenn er dort alleine war. Ein Gespräch entwickelte sich jedoch nicht, da sie meist nur verlegen mit Ja oder Nein auf seine Fragen antwortete. Sie selbst sprach ihn nie an. Da er nicht viel über ihr Privatleben wusste, konnte er ihr nur berufliche Fragen stellen, was sich schnell erschöpfte. Also trennte man sich mit kurzem Nicken, nachdem der Becher leer war.

Adrian hatte sich schon überlegt, ob sie in ihn verliebt war. Sie war keine Schönheit, aber er konnte sich vorstellen, dass sie zumindest für etwas Aufmerksamkeit dankbar wäre. Anders als seine Frau, die zwar immer noch attraktiv war, sich aber, zumindest ihm gegenüber, gefühlskalt zeigte.

Aber er wollte keinen Ärger am Arbeitsplatz. Ausserdem wusste Frau Nachbauer sehr genau, dass er verheiratet war. Mit seinen zweiundvierzig Jahren war er dazu noch wesentlich älter als sie. Vielleicht täuschte er sich ja auch total in ihr und sie versuchte einfach nur freundlich zu sein.

Dieser Gedanke bewog ihn, einen Versuch zu machen. Demonstrativ stand er auf und ging zur Tür. Am Kaffeeautomaten suchte er umständlich das Geld zusammen, um ihr die Zeit zu geben, dazu zu stossen. Tatsächlich öffnete sich die Bürotür und Frau Nachbauer trat auf den Flur. Leider kam Schuhmacher mit einigen Papieren in den Händen hinter ihr her, sodass sie mit einem bedauernden Blick zu Adrian in die Richtung der Damentoilette abbog.

Ein Lächeln unterdrückend, schüttelte Adrian leicht den Kopf.

«Ist etwas?»

Sein Kollege blieb kurz stehen und sah ihn fragend an. «Nein, mir ist nur gerade etwas eingefallen», lächelte Adrian.

Schuhmacher ging mit den Unterlagen zum Lift.

Eigentlich hatte Adrian vorgehabt, den Kaffee draussen zu trinken, aber nun wollte er doch nicht allein mit Frau Nachbauer zusammentreffen. Man sollte solche Komplikationen nicht noch bewusst fördern. Er kehrte mit dem Becher an seinen Arbeitsplatz zurück und vermied es, aufzusehen, als Frau Nachbauer nach fast zehn Minuten ohne Kaffee wieder hereinkam.

Liliane Nachbauer war enttäuscht. Zu dumm, das sie nicht bemerkt hatte, dass Schuhmacher ausgerechnet diesen Augenblick benutzte, um aus dem Raum zu gehen. Sie hätte sonst kurz umkehren können. So, als hätte sie am Schreibtisch etwas vergessen. Nun war die Gelegenheit vertan.

Sie wandte sich der Tür mit dem Damenzeichen zu. Dort ging sie auf die Toilette, obwohl sie nicht musste, aber sie hatte plötzlich Angst, dass noch jemand aus dem Büro auftauchen würde. In der Kabine kamen ihr unvermittelt die Tränen. Schnell nahm sie ein Taschentuch und tupfte sie weg. Nur nicht reiben, damit keine Rötung sichtbar wurde. Sie machte einige tiefe Atemzüge, um die Tränen zu unterdrücken.

Warum nur konnte sie diese aussichtslose Sache nicht beenden? Sie hatte sich sogar schon Stelleninserate angesehen, dabei war es ihr klar gewesen, dass sie nicht wechseln würde. Sie hatte sich zu fest in Adrian verliebt, obwohl sie wusste, dass es hoffnungslos war. Nicht nur weil er verheiratet war, das würde sie nicht stören, aber er beachtete sie nicht. Sie war für ihn genauso Luft, wie für die anderen. Ein Büromöbel, das man in die hinterste Ecke stellte, damit es aus dem Weg war.

Sie war sich schon bewusst, dass man ihr bei der Neuverteilung letztes Jahr den schlechtesten Platz zugeschanzt hatte. Als sie jedoch feststellte, dass sie Adrian fast dauernden im Blick hatte, sobald sie nur den Kopf hob, war sie mit der Situation ausgesöhnt. Sollten die anderen ruhig über sie lachen, sie hatte das bestmögliche aus der Sache gemacht.

Seither litt sie still aus der Ferne vor sich hin, nur auf Adrian fixiert. Sie war jemand, der die Freizeit meistens zu Hause verbrachte, vielleicht mal ins Kino oder ein Eis essen ging, aber jetzt blieb sie noch öfters als vorher daheim. Einzig den Kontakt zu ihrer Freundin Gundela hatte sie aufrechterhalten. Ihr erzählte sie von der Arbeit, wobei Adrian, ein sehr netter Kollege, viel öfter vorkam, als es sich in Wirklichkeit abspielte. In ihren Erzählungen erlebte sie all das, was sie im realen Alltag vermisste.

Sie sah unwillkürlich auf die Uhr. Nun sass sie schon über fünf Minuten da. Schnell verliess sie die Kabine und wusch sich die Hände. Mit einem Kontrollblick in den Spiegel, - nein, man sah nicht, dass sie geweint hatte, - verliess sie die Damentoilette.

Der Flur war leer. Einen Moment überlegte sie, ob sie sich einen Kaffee mitnehmen sollte, verwarf es jedoch.

Sie betrat das Grossraumbüro. Adrian sass an seinem Platz und war in seine Arbeit vertieft. Er hob nicht einmal den Kopf.

Festen Schrittes ging sie auf ihren Schreibtisch zu. Die nächste Gelegenheit würde schon kommen, morgen oder in einer Woche. Zeit spielte keine Rolle.

Am frühen Abend hatte Adrian seine Statistiken und Diagramme beendet und weitergeleitet. In diesen weniger arbeitsreichen Wochen machte er meistens pünktlich Schluss.

Mit seinem Wagen fuhr er nach Hause. Da er von seinem Wohnort mit dem öffentlichen Verkehr zweimal umsteigen musste und dann immer noch zehn Minuten zu gehen hatte, war er mit dem Auto eindeutig schneller. Allerdings wusste er nicht so recht, wieso das eigentlich relevant war. Da seine Ehe in einer Krise steckte, zog es ihn doch nicht wirklich nach Hause. Es war einfach bequemer mit dem Wagen, als das Umsteigen mit den Wartezeiten, vor allem am Morgen oder bei schlechtem Wetter.

Als er den Dorfrand erreichte, atmete er tief ein und versuchte sich für den Abend zu wappnen. Wie würde ihn seine Frau heute empfangen?

In letzter Zeit gab es zwei Varianten. Entweder keifte sie wegen jeder Kleinigkeit oder sie schwieg demonstrativ. Das war nicht ganz richtig. Sie redete, jedoch nicht mit ihm. Mit Miezi, der Katze, sprach sie schon, wobei das, was sie zu ihr sagte, als Seitenhieb auf ihn gedacht war. Adrian stellte dann seine Ohren auf Durchzug, wie sie es ausdrückte, aber natürlich bekam er es doch mit. Manchmal fragte er sich, ob das nicht die perfidere Art war, ihm weh zu tun, denn so konnte und wollte er sich nicht wehren.

Es war kurz vor sechs Uhr, als er die Wohnung betrat. Der Tisch war noch nicht gedeckt.

Der Fernseher lief und Hilde, seine um zwei Jahre jüngere Frau sass auf dem Sofa. Miezi lag auf ihrem Schoss und liess sich kraulen, wobei sie ein wohliges Schnurren von sich gab. Sie drehte, im Gegensatz zu seiner Frau, den Kopf, als er näher trat.

Einen Moment schien es ihm, als wollte sie sagen: «Ich weiss schon, dass ich der Liebling bin, nicht du.»

Aber vielleicht täuschte er sich.

«Guten Abend», grüsste er mit neutraler Stimme.

«Sch, sch», wehrte Hilde ab.

Sie starrte demonstrativ auf den Bildschirm, auf dem gerade etwas über den Enkel der englischen Königin und seine hübsche Frau gezeigt wurde.

Heute war er wieder einmal Luft für sie.

Er zuckte die Schultern und wandte sich der Küche zu. Er öffnete den Kühlschrank und sah sich nach etwas um, das er unkompliziert, das hiess, ohne zu kochen, als Abendmahlzeit nehmen konnte. Er fand ein bisschen geschnittene Wurst, bestrich ein Stück Brot mit Mayonnaise, belegte es und deponierte das Ganze auf einem kleinen Teller.

Die Kaffeemaschine war im Stand-by Modus und musste sich erst aufheizen. Nachdem er auch noch zu einem Kaffee gekommen war, setzte er sich mit seinem frugalen Mahl an den kleinen Küchentisch.

Er hatte gerade den ersten Bissen im Mund als Hilde hereinkam. Auf dem Arm trug sie die Katze, die sie zärtlich streichelte.

«Ach, ist das nicht schön, ein solches Glück zu sehen

und jetzt hat das junge Paar auch noch ein Baby», redete sie auf Miezi ein.

«Miau», gab diese zur Antwort.

Darauf streichelte sie nochmals zärtlich die Katze, stoppte aber, als sie seinen Teller sah.

«Isst du allein!», schrie sie ihn an.

Adrian fand es müssig, darauf eine Antwort zu geben. Es war schliesslich offensichtlich, womit er beschäftigt war.

«Ach so, ich muss wissen, wann der gnädige Herr nach Hause kommt und das Abendessen sofort bereithalten. Man kann ja nicht mal fünf Minuten warten.»

Da sie ihn diesmal direkt ansprach, konnte er auch seinen Standpunkt vertreten.

«Ist das deine ganze Begrüssung?»

«Du platzt mitten in die Sendung, wo sie doch so schön über das Baby berichten und das soll ich verpassen?»

Sie war den Tränen nahe, ob vor Wut oder Enttäuschung war ihm nicht klar.

«Ein ‹guten Abend› hätte wohl drin gelegen», entgegnete er mürrisch.

«Ausserdem wollte ich dich absichtlich nicht stören. Ich kann mir schon selber etwas machen».

«Und weshalb isst du in der Küche?»

«Sagte ich doch gerade, ich wollte dich nicht stören.»

Wortlos drehte sich Hilde um und verliess die Küche.

Nun war Adrian doch etwas erstaunt. Er hatte sich auf ein stundenlanges Gekeife vorbereitet. Andererseits war er froh, dass es keine weiteren Vorwürfe gab.

Immerhin war das Reizwort Baby gefallen. Kinder, vor allem kleine, das war ein Thema, bei dem er Hildes

Reaktion nie voraussagen konnte. Ein Wort an dem eine Ehe zerbrechen konnte.

Denn sie konnten keine eigenen Kinder haben. Das hatten sie aber erst erfahren, als sie schon einige Jahre verheiratet waren und sich einfach kein Nachwuchs einstellen wollte. Dabei hatte sich Hilde so sehr ein Baby gewünscht.

Anfangs hatte sie noch die Pille genommen. Das erste Ehejahr wollten sie noch allein verbringen.

Aber auch als sie danach auf Verhütung verzichteten, klappte es nicht. Nach einiger Zeit begann Hilde sich bei Freunden und Verwandten zu beklagen und wurde prompt mit guten Ratschlägen eingedeckt. Nicht zu fest wünschen, das baut nur Stress auf. Mondkalender und Temperaturmessungen und weiss der Kuckuck, was es noch alles gab. Sie, vor allem Hilde, hatten alles ausprobiert. Darüber vergingen die Jahre und die biologische Uhr tickte.

Schliesslich liess Hilde sich vom Frauenarzt untersuchen. Die Tests ergaben, dass bei ihr eigentlich alles in Ordnung war. Es müsse an Adrian liegen, meinte der Gynäkologe.

Endlich hatte er ihrem Drängen nachgegeben und sich selbst abklären lassen. Der Arzt hatte ihm dann eröffnet, dass er zeugungsunfähig war. Er hatte ihn auch nach Kinderkrankheiten gefragt, aber Adrian konnte sich an keine erinnern.

Er erkundigte sich jedoch bei seiner Mutter und erfuhr, dass er als kleiner Junge, noch vor dem Kindergarten, Mumps gehabt hatte. Also lag es doch an ihm.

Damit konnte Hilde sich nicht abfinden. Es regnete Vorwürfe, die er ungerecht fand.

Was konnte er dafür, dass er als Dreikäsehoch krank geworden war. Er hatte das ja nicht extra gemacht, nur um Hilde später zu verletzen.

Sie warf ihm vor, es verschwiegen zu haben, um sie heiraten zu können. Doch er hatte es ja wirklich nicht gewusst, als sie Hochzeitspläne schmiedeten. Wie hätte er sie da informieren sollen?

Egal wie er es drehte und wendete, er war am Ende immer der Schuldige. Dabei litt er selbst darunter, nur ein halber Mann zu sein. Er fühlte sich mehr und mehr in die Defensive gedrängt, fing an, den Diskussionen auszuweichen, flüchtete vor den Streitereien, indem er lange Spaziergänge machte, auf denen er meist tief in Gedanken versunken war. Diese Grübeleien taten ihm aber auch nicht gut. Manchmal hatte er Angst, depressiv zu werden.

Sie fingen an, gefühlmässig getrennte Wege zu gehen. Zwar lebten sie noch zusammen, aber gemeinsame Gespräche oder gar Zärtlichkeiten wurden immer seltener.

Während er sich stärker in seine Arbeit stürzte, begann sie sich auf die Katze zu konzentrieren, die als Babyersatz verwöhnt und sogar verzogen wurde. Sie durfte zum Beispiel im Ehebett am Fussende schlafen, obwohl ihn die Katzenhaare, die dabei unweigerlich liegenblieben, störten. Miezi war dann auch oft Anlass zu einem Streit.

Aber heute hatte sie nicht gestritten. Keine Vorwürfe wegen der fehlenden Kinder.

Er nahm noch einen Schluck Kaffee und beschloss ihr nachzugehen.

Das Wohnzimmer war leer.

Hilde sass im Schlafzimmer auf ihrem Bett, immer noch die Katze auf dem Schoss, und weinte.

Adrian konnte sich das nicht erklären. Er setzte sich neben sie und sprach unwillkürlich mit einem Tonfall, den er früher gehabt hatte, als ihre Ehe noch in Ordnung war.

«Was ist denn los?»

Hilde sah auf.

«Das Baby», seufzte sie.

«Sie haben ein Baby und das ist so süss.»

Sie sah ihn mit so sehnsuchtsvollen Augen an, dass er sie unwillkürlich in die Arme nahm.

Miezi, der es zu eng wurde, befreite sich und verliess das Schlafzimmer.

So plötzlich mit seiner Frau alleingelassen, fühlte sich Adrian beinahe überfordert.

«Tut mir leid, ich habe nicht mehr an das Baby gedacht», gestand er mit einem mulmigen Gefühl.

«Ich meine das von England», fügte er erklärend hinzu.

«Sie haben ja nur die Eltern gezeigt, als ich reinkam.»

Hilde nickte und lehnte den Kopf an seine Schulter. Er streichelte ihr sanft über den Rücken. Nur jetzt nicht reden, nicht den Augenblick mit den falschen Worten zerstören.

Er merkte, wie sich Hilde langsam entspannte. Dann hob sie den Kopf und er küsste sie und sie erwiderte den Kuss. Es war das erste Mal seit Wochen.

Liliane Nachbauer hatte gewartet, bis Adrian nach Hause ging, ehe sie ihren Schreibtisch aufräumte und für heute ebenfalls Schluss machte. Sie vermied es nach Möglichkeit, vor ihm nach Hause zu gehen, ausser wenn er während des Monatsabschlusses offensichtlich Überstunden machte. Da hätte sie ihre Anwesenheit nicht mehr begründen können.

Sie benutzte die Eisenbahn und den Stadtbus, um die elterliche Wohnung in der Kleinstadt zu erreichen. Obwohl schon neunundzwanzig Jahre alt, lebte sie immer noch bei ihrer Mutter. Ihr Vater war schon vor Jahren gestorben, sodass sich zwischen den beiden Frauen eine enge Bindung ergeben hatte, zumal Liliane keine Geschwister hatte.

Eigentlich wäre sie gerne zu Hause ausgezogen, nicht weil es ihr dort nicht mehr gefiel, sondern um einfach mal selbständig zu sein. Sie konnte sich jedoch nicht gegen ihre Mutter durchsetzen und auf einem eigenen Appartement bestehen.

Das Hauptargument, nämlich die doppelte Miete, liess sich nicht zerreden, zumal die kleine Witwenrente der Mutter für die Wohnung, obwohl sie in einem Altbau gelegen und deshalb günstig war, nicht gereicht hätte. Sie brauchte den Zuschuss von ihrer Tochter.

Dazu kam, dass Liliane sowieso innerhalb des Ortes geblieben wäre, es somit auch keinen räumlichen Grund für getrennte Adressen gab. Sie hatte sich schon überlegt, weiter weg zu ziehen, aber das wäre dann auch mit einem Stellenwechsel verbunden gewesen, kam also ebenfalls nicht in Frage.

Zudem hatte ihre schon siebzigjährige Mutter in letzter Zeit gesundheitlich stark nachgelassen. Sie konnte gewisse anstrengende Tätigkeiten, wie Staubsaugen, nicht mehr durchführen, ohne sich hinterher total erschöpft hinlegen zu müssen. Liliane hatte es ihr deshalb verboten. Sie hatte Angst, dass ihre Mutter einen Schlaganfall bekommen könnte und dann allein hilflos in der Wohnung liegen würde, bis ihre Tochter von der Arbeit kam. Lieber besorgte sie den Haushalt am Abend oder an den Wochenenden selbst. Womit ein weiterer Grund gegen eine Änderung der Verhältnisse gegeben war.

Liliane übersprang einen Bus, um noch schnell eine Kleinigkeit fürs Abendessen einzukaufen.

Sie kochte am Abend jeweils ein schnelles Menü oder brachte Hamburger, Pizza oder Fertiggerichte mit. Ihre Mutter ass mittags, da sie alleine war, immer kalt. Sie fand, dass sich das Zubereiten einer warmen Mahlzeit für eine Person nicht lohne, womit sie ihre Tochter bezüglich des Auszugs noch mehr unter Druck setzte. Dafür wurde Liliane von ihr an den Wochenenden mit ausgezeichneter Hausmannskost entschädigt. Leider waren das keine Schlankheitsdiäten und zusammen mit den Fastfood-Gerichten ergab es ein sichtbares Ergebnis.

Aber damit hatte sich Liliane schon lange abgefunden. Sie hatte nie einen festen Freund gehabt. Natürlich hatte sie als Teenager für Jungen, meist Klassenkameraden geschwärmt. Sie war jedoch immer etwas abseits gestanden, war unscheinbar und unbeachtet gewesen. So hatte sie sich angewöhnt das Leben von der Ferne zu betrachten. Sie flüchtete in die Phantasie und malte sich dort aus, wie es sein könnte. Das war dann immer perfekt. Da gab es keine Schatten, nur eitel Sonnenschein, Harmonie und, ganz wichtig, die grosse Liebe. Als Partner suchte sie sich jemand aus ihrer Umgebung, der meistens ahnungslos blieb, welche Rolle er für die Frau, der er fast täglich irgendwo begegnete, spielte.

Im Moment war das Adrian Bürger und hier hatte sie nun die Möglichkeit selbst aktiv zu werden. Aber das war so schwierig, wie der Vorfall heute Nachmittag zeigte. Es erforderte Mut und da haperte es bei ihr. Wenn er sie nur ein bisschen ermuntern würde. Ein kleines Entgegenkommen seinerseits würde vielleicht genügen, um sie aus ihrem Schneckenhaus zu locken.

Dabei konnte sie sich überhaupt nicht vorstellen, wie sich das entwickeln sollte. Schliesslich war er verheiratet und wohnte mit seiner Frau zusammen. Dass sie noch zu Hause lebte, machte die Situation auch nicht einfacher. Sie konnte ihn doch nicht zu sich einladen und ihn dann mit ihrer Mutter konfrontieren.

Falls, wenn überhaupt, sie jemals engeren Kontakt zu Adrian bekommen sollte, musste eben spontan eine Lösung gefunden werden. Darüber würde sie sich erst zu gegebener Zeit den Kopf zerbrechen.

Inzwischen träumte sie davon, wie sie ihn in ihrer eigenen Wohnung, von deren Einrichtung sie eine genaue Vorstellung hatte, empfing. Da spielten sich Candlelight-Dinner mit anschliessenden Liebesszenen, die im Bett endeten, ab. Das war ihr richtiges Leben.

Die Wirklichkeit war für sie nur Arbeit und Verpflichtung. Da funktionierte sie nur, Gefühle waren unerwünscht und störten, denn sie wurden nie erwidert. Also hatte sie gelernt, sie zu unterdrücken.

Ihre Mutter hatte schon den Tisch gedeckt, als Liliane mit ihren Einkäufen die Wohnung betrat.

«Hallo, Mutter, ich habe zwei Pizzas mitgebracht»,
grüsste sie und gab ihr einen Wangenkuss.

«Warum hast du nicht angerufen, damit ich den Backofen vorheizen konnte», nörgelte die ältere Frau.

«Jetzt dauert es wieder ewig, bis wir essen können und
ich habe Hunger.»

Liliane seufzte.

«Mutter, ich habe mich erst im Laden entschieden.
Beim Fleisch war nichts mehr da, das man schnell zubereiten konnte und Bratwurst hatten wir gestern.»

«Du hättest trotzdem anrufen können, dann wäre der
Backofen jetzt schon bereit», beharrte Frau Nachbauer
auf ihrem Standpunkt.

Liliane schwieg mit schlechtem Gewissen, denn ihre
Mutter hatte ja recht. Wenn Liliane nicht so in Gedanken an Adrian gewesen wäre, hätte sie, während sie an
der Bushaltestelle wartete, angerufen.

Schnell richtete sie den Backofen her und begann den
Salat zu rüsten.

Ihre Mutter murmelte ärgerlich vor sich hin und verzog
sich ins Wohnzimmer. Wahrscheinlich hatte sie wieder
einmal nicht richtig gegessen am Mittag, was in letzter
Zeit öfters vorkam und Liliane Sorgen machte. Irgendetwas stimmte nicht mehr. Aber es war nicht möglich,
ihre Mutter dazu zu bringen, einen Arzt aufzusuchen.
Was Liliane noch mehr fürchtete als einen Schlaganfall
war Alzheimer. An andere Krankheiten dachte sie bisher
sonderbarerweise nicht. Was sollte sie jedoch tun, wenn
ihre Mutter wegen Demenz ständige Aufsicht benötigte.

Sie brachte den Salat ins Wohnzimmer. Sie hatten nur
eine Dreizimmerwohnung, sodass sie dort am grossen

Tisch assen. In der Küche war dafür kein Platz. Sie war lang, aber schmal, mit Einbauschränken auf beiden Seiten.

Adelheid Nachbauer sass auf dem Sofa und sah eine ihrer Lieblingssendungen im Vorabendprogramm. Die würde auch noch während des Essens laufen und ein Gespräch verhindern, was Liliane nicht ungelegen kam. Sie hatte heute kein Mitteilungsbedürfnis, zumindest nicht ihrer Mutter gegenüber.

Von der Uhr am Herd ertönte ein Piepsen, das anzeigte, dass die Pizzas fertig waren. Während Liliane sie holte und gleich auf die Teller verteilte, setzte sich ihre Mutter schon an den Tisch.

«Endlich! Guten Appetit», sagte sie ohne den Blick vom Bildschirm zu wenden.

«Wünsch ich dir auch», entgegnete Liliane.

Dann assen sie schweigend. Ihre Mutter musste wirklich hungrig gewesen sein, denn sie vertilgte die ganze Pizza. Inzwischen war auch die Sendung zu Ende und Liliane stellte den Ton mittels Fernbedienung sehr leise.

«Was hast du denn heute Mittag gegessen?», fragte sie mit beiläufigem Ton.

«Heute war mir gar nicht gut. Ich habe noch um zehn Uhr einen Kaffee getrunken, der mir dann Sodbrennen verursacht hat. Ich habe nur ein Stück trockenes Brot heruntergebracht und mich hingelegt. Erst nach einem Tee wurde es mir besser», erklärte Frau Nachbauer.

«Trink doch jeweils schon am Vormittag einen Tee», schlug Liliane vor.

Sie fand schon länger, dass ihre Mutter zu viel Kaffee trank.

«Ich bin doch nicht krank», protestierte diese prompt.

Liliane schwieg, denn genau das befürchtete sie ja. Vielleicht gab es doch zu Besorgnis Anlass. Die Klagen über Magenbeschwerden häuften sich in letzter Zeit. Konnte ihre Mutter womöglich ernsthafte Probleme haben oder war es nur der übermässige Kaffeekonsum. Aber wenn die Tochter auf einem Arztbesuch bestand, gab es nur Zoff. Dafür war Liliane heute überhaupt nicht aufgelegt.

Sie stand auf und begann den Tisch abzudecken.

«Bleib nur, ich habe heute ja nicht viel aufzuräumen», winkte sie ab, als die ältere Frau mithelfen wollte.

Diese setzte sich wieder aufs Sofa und schaltete auf die Nachrichten um.

Nach den Nachrichten verschwand Liliane in ihr Zimmer und nahm ihr Handy mit. Die Gesprächskosten waren in manchen Monaten immens, aber irgendwem musste sie sich mitteilen. Da kam nur eine in Frage, Gundela ihre beste und einzige Freundin.

Die Neubauwohnung, das Haus war erst im vergangenen Jahr fertiggestellt worden, lag im Seequartier der Kleinstadt.

Gundela Oberdorfer hatte Glück gehabt. Sie hatte von einer entfernten, kinderlosen Tante etwas Geld geerbt, das ihr eine gewisse finanzielle Sicherheit verschaffte. So hatte sie sich entschlossen, sich die geräumige Zweieinhalbzimmerwohnung zu leisten. Da diese in der teureren Preisklasse lag, gab es nicht so viele Bewerber und sie bekam den Zuschlag.

Allerdings stellte sie schnell fest, dass die hohe Miete sie doch ein bisschen belastete, aber nachdem sie mal eingezogen und den Komfort genossen hatte, wollte sie nicht mehr darauf verzichten.

Dazu kam, dass sie als Angestellte eines Reisebüros billiger Urlaub machen konnte. Deshalb war sie ganz zufrieden mit ihrem Leben.

Sie hatte wechselnde Bekanntschaften, aber es war mehr auf kollegialer Basis, obwohl sie auch auf Sex nicht verzichten musste. Nur die grosse Liebe hatte sich noch nicht eingestellt, aber damit eilte es ihr trotz ihren neunundzwanzig Jahren auch nicht. Sie genoss die Unabhängigkeit, jederzeit tun und lassen zu können, was sie wollte.

Sie kam immer erst am späteren Abend nach Hause, da das Reisebüro bis acht Uhr geöffnet hatte.

An den Wochenenden kochte sie grosse Portionen, die sie dann aufteilte und jeweils nach der Arbeit aufwärmte. So kam sie zu schnell zubereiteten Abendessen und konnte danach den Feierabend geniessen.

Manchmal ging sie auch noch in die Spätvorstellung des Kinos oder auf einen Sprung in eines der nahegelegen Restaurants. Überall traf sie auf Bekannte mit denen sie sich unterhalten konnte.

Als Teenager hatte sie neben Liliane Nachbauer ein Jahr die Schulbank gedrückt. Dabei war sie so etwas wie die Vertraute von Liliane geworden. Es war eigentlich eine einseitige Beziehung. Liliane schüttete ihr Herz aus und Gundela hörte zu.

Es war ursprünglich Mitleid mit dem damals schon pummeligen Mädchen gewesen, weshalb Gundela sie nicht abwies. Inzwischen war es nur noch Gewohnheit.

Liliane rief sie ein bis zweimal die Woche an, um sie über ihre Liebesbeziehungen zu unterrichten. Gundela wusste, dass das so nicht stimmen konnte, denn die Schilderungen waren jenseits der Realität, wie sie selbst es erlebte. Alles bei Liliane spielte sich in einer romantischen Fassung ab. Ausserdem wiederholten sich die Erzählungen einfach mit wechselnden Partnern, die aber immer gleich reagierten. Das konnte schlicht nicht wahr sein.

Gundela überlegte gerade, wohin sie noch etwas trinken gehen wollte, als das Telefon läutete. Am Klingelton erkannte sie Liliane. Einen Moment zögerte sie, nahm dann aber doch ab.

Nach der üblichen Begrüssung und der Frage, ob sie wirklich nicht störe, legte Liliane los.

«Du hast keine Ahnung, was heute passiert ist», berichtete sie aufgeregt.

«Adrian, hätte mich heute beinahe geküsst. Ich bin, als ich vermutete, dass wir ungestört sein würden, zum Kaffeeautomaten gegangen. Dabei habe ich ihm zugeblinzelt, als ich an seinem Schreibtisch vorbeikam. Kaum hatte ich das Geld eingeworfen, erschien er auch schon und stellte sich dicht neben mich. Wir waren ganz allein. Er legte den Arm um mich und wollte mich gerade küssen, als der blöde Schuhmacher aus der Tür kam. Adrian hat so getan, als ob er mir etwas vom Rücken wegwischen wollte, damit der nichts merkte. Wir müssen doch so aufpassen, dass es nicht auffällt. Du weisst ja, dass Liebelei am Arbeitsplatz nicht gern gesehen ist. Und Adrian ist auch noch verheiratet. Aber tot unglücklich. Seine Frau muss eine richtige Xanthippe sein. Kein Wunder sucht er sich eine andere. Na ja, danach hielt er natürlich Abstand und ich musste den Kaffee nehmen und reingehen.»

Jetzt war Liliane vor Enttäuschung wieder den Tränen nahe. Bei ihr wechselten die Stimmungen sehr schnell.

Gundela seufzte. Sie glaubte kein Wort. Aber sie wollte ihre Freundin aufbauen.

«Ihr müsst euch halt mal ausserhalb der Arbeit treffen», schlug sie deshalb vor.

«Das ist nicht so einfach. Alle, die bei uns arbeiten, wohnen hier und in der Umgebung. Die Gefahr, dass uns jemand sieht, ist zu gross. Ausserdem muss Adrian eine Ausrede finden, für die Abwesenheit zu Hause. Seine Frau ist so eifersüchtig, die überwacht ihn richtig.»

Gundela hatte eine boshafte Idee.

«Wenn du willst, könnt ihr euch in meiner Wohnung treffen», schlug sie vor.

«Einen Schlüssel hast du ja schon, wegen dem Blumengiessen, wenn ich verreist bin. Am Abend komme ich nie vor acht Uhr, da habt ihr doch mindestens eine Stunde Zeit nach Feierabend.»

Liliane schwieg. Das hatte sie nicht erwartet und jetzt war sie in Erklärungsnot.

«Bist du noch dran», fragte ihre Freundin.

«Ja, ja. Ich bin nur überwältigt von deinem Angebot. Meinst du das wirklich ernst?»

«Selbstverständlich, ich helfe dir doch gerne», versicherte Gundela.

Sie war sich sicher, dass der Vorschlag nie wieder zur Sprache kam.

Liliane hatte es plötzlich eilig, das Telefonat zu beenden.

«Du, tut mir leid, aber meine Mutter ruft. Ich muss ihr bei etwas helfen. Tschüss und schönen Abend noch.»

«Tschüss.»

Gundela legte den Hörer auf. Dann bekam sie einen Lachkrampf. Das sollte Liliane eine Lehre sein. Jetzt war sie unter Zugzwang. Wahrscheinlich würde es eine Weile dauern, bis sie wieder anrief und dann wäre das Thema Adrian mit Sicherheit erledigt.

Der ahnungslose Adrian, begab sich gerade in die Küche. Einen so harmonischen Abend hatte es lange nicht gegeben, aber inzwischen hatte er Hunger. Hilde folgte ihm im Pyjama, den sie sich einfach schnell übergestreift hatte. Sie suchte den Kochtopf heraus und gemeinsam bereiteten sie sich Spaghetti zu. Miezi sass an der Küchentür und beobachtete das Ganze misstrauisch. Aber heute beachtete sie niemand und schliesslich verschwand sie im Schlafzimmer, wo sie sich auf dem zerwühlten Bett beleidigt zusammenrollte.

Liliane hatte keine Lust zu ihrer Mutter ins Wohnzimmer zu gehen. Diese schaute sich bestimmt irgendeinen Herz-Schmerz-Film im Fernsehen an. Darauf konnte Liliane heute verzichten.

Gundelas Angebot hatte sie total verwirrt. Was sollte sie nur tun? Sie brauchte Zeit, um eine Strategie zu entwickeln, wie sie möglichst unbeschadet aus der Sache herauskam.

Natürlich war es undenkbar, Adrian so einen Vorschlag zu machen. Was musste der von ihr denken? Er musste sie ja für sexuell ausgehungert halten. Ganz abgesehen davon, dass er doch von ihrem Interesse an ihm nichts wusste. Da war sich Liliane hundert Prozent sicher. So wie er sich verhielt, suchte er nicht mal ein Abenteuer.

Das war ihr nämlich an der vorherigen Arbeitsstelle passiert und hatte zum Stellenwechsel geführt. Sie war tatsächlich erhört worden, hatte aber nachher festgestellt, dass die ganze Belegschaft Bescheid wusste und sich hinter ihrem Rücken über sie lustig machte. Zum Glück hatte sie schnell etwas Neues gefunden.

Es war übrigens typisch für sie, dass sie Gundela diese Geschichte nie erzählt hatte. Dafür war Lilianes Scham zu gross gewesen.

Seither passte sie auf, dass sie nur seriöse Männer für ihre Träumereien aussuchte. Männer, denen sie vertrauen konnte, dass sie schwiegen. Und Adrian war gewiss kein Schwätzer. Er war auch nicht hinterhältig oder bösartig. Er würde ihr nie wehtun oder sie ausnutzen, das wusste sie einfach.

Sie schlich sich ins Badezimmer, um die Zähne zu putzen. Ohne gute Nacht zu sagen, ging sie zu Bett. Aber sie konnte nicht einschlafen.

Nach den Spätnachrichten, schaltete ihre Mutter den Fernseher aus. Ob Liliane immer noch telefonierte?

Manchmal fragte sich Frau Nachbauer, was ihre Tochter der Freundin alles zu erzählen hatte. Oder war es umgekehrt? Hatte Gundela Probleme und Liliane half ihr dabei. Ja, so musste es sein.

Vor der Zimmertür ihrer Tochter blieb sie stehen und lauschte. Kein Laut war zu hören. Ohne zu klopfen öffnete die Mutter die Tür einen Spalt und spähte im Dunkeln zum Bett. Ihre Tochter schlief schon. Schade, dass sie nicht gute Nacht gesagt hatte. Leise schloss die alte Frau die Tür und ging selbst schlafen.

Liliane hatte sie gehört und sich schlafen gestellt. Sie wusste nicht, warum sie sich so verhielt. Ihre Mutter war schliesslich nicht schuld an ihrem Dilemma. Oder doch?. Hätte Liliane sich anders entwickelt, wenn sie sich früher hätte abnabeln können?

Der Gedanke kam ihr so unvermittelt und war so neu, dass sie hellwach wurde. Alles, wirklich alles, wäre doch einfacher, wenn sie nur für sich sorgen müsste. So wie Gundela, die sich ihre Bekannten aussuchte, ohne auf jemanden Rücksicht nehmen zu müssen. Die selbst entscheiden konnte, wo sie sich mit jemandem traf und wen sie wann in ihre Wohnung einlud.

Plötzlich hatte Liliane Lust das Angebot der Freundin anzunehmen. Einmal musste sie anfangen, zu leben. Nur, wie sagte sie es Adrian? Sie musste eben eine günstige Gelegenheit abwarten. Sie hatte es ja nicht eilig. Mit diesem Gedanken schlief sie lächelnd ein.

Inzwischen waren vierzehn Tage vergangen. Adrian stand mitten im Monatsabschluss und der romantische Abend mit Hilde hatte sich als ein Irrlicht entpuppt. Er hatte sich zwar Hoffnung gemacht, war jedoch enttäuscht worden. Im Gegenteil, es schien ihm, als ob es noch schlimmer geworden wäre. Hilde verhätschelte Miezi und liess ihn links liegen.

Deshalb war es ihm gerade recht, Überstunden machen zu müssen. Ausgerechnet heute hatte Schuhmacher auch noch einen Zahnarzttermin. Es war ein Notfall, sonst hätte sein Kollege nicht darauf bestanden.

Ausser ihm war nur noch Frau Nachbauer im Büro. Adrian hatte sie seit seinem Versuch mit dem Kaffeeautomaten nicht mehr beachtet. Zuerst wegen der häuslichen Situation, später wegen dem Abschluss, hatte er sie schlicht vergessen.

Im Moment war er nicht in Stimmung sich um echte oder vermeintliche Probleme anderer Leute zu kümmern.

Deshalb schaute er ärgerlich auf, als sie plötzlich vor seinem Schreibtisch stand und sich hüstelnd bemerkbar machte.

«Was gibt es denn?», murmelte er mürrisch.

Sie hielt ein Papier in der Hand und war den Tränen nahe.

«Das ist mir noch nie passiert», begann sie und wies darauf.

Jetzt sah er auch, dass das ganze Blatt hellbraun verfärbt, zerknüllt und zerrissen war.

«Was ist das denn?»

«Die Originalrechnung», sagte sie und zeigte auf das Logo ihres grössten Lieferanten.

«Die Monatsrechnung?», wollte er unnötigerweise wissen.

Sie nickte beklommen.

«Ich weiss, dass es nicht gern gesehen wird, aber ich habe Kaffee an den Arbeitsplatz genommen. Der ist mir dann umgekippt und ich habe die Blätter zu trocknen versucht. Dabei sind sie dann auch noch zerrissen. Ich kann die doch nicht so ablegen und die Revision will sie immer sehen», erklärte sie.

Adrian musste ein Lächeln unterdrücken. Es war typisch für die korrekte Liliane, dass sie sich deswegen Sorgen machte.

«Haben Sie die Daten schon erfasst?»

«Ja, zum Glück», bestätigte sie.

«Gut, dann lassen Sie jetzt einen Kontoauszug des heutigen Tages heraus und machen eine gute Kopie von dem Beleg und dann stecken wir alles zusammen in eine Hülle und legen es ab», schlug er vor.

«Sie meinen das reicht?»

Adrian seufzte.

«Ich werde es gegenzeichnen. Sind Sie dann beruhigt?»

Liliane lächelte und nickte.

Sie sah richtig hübsch aus, als sie ihn so erleichtert ansah. Die Erinnerung an den Vorfall vor zwei Wochen stand plötzlich im Raum. Adrian lächelte zurück.

«Sie sind immer so hilfsbereit», flüsterte Liliane.

«Nicht wie die anderen, die mich immer fühlen lassen, dass ich nicht dazu gehöre.»

«Ich mag sie wirklich gerne», setzte sie nach einer Pause hinzu, machte jedoch gleich ein entsetztes Gesicht.

«Entschuldigung, das hätte ich nicht sagen dürfen. Wo sie doch verheiratet sind.»

Adrian sah sie jetzt ernst an.

«Ich mag sie auch», gestand er zu seiner eigenen Überraschung.

«Aber sie beachten mich doch gar nicht.»

Adrian zuckte entschuldigend mit den Schultern.

«Sie wissen doch, dass am Arbeitsplatz andere Regeln gelten.»

Er fühlte sich fast etwas mies bei der Ausrede. Dann fasste er einen Entschluss.

«Können Sie noch eine halbe Stunde warten, dann bin ich mit dem Gröbsten durch und wir gehen einen Kaffee trinken», schlug er vor.

Liliane nickte glücklich. Sie nahm ihr Papier und steuerte den Kopierer an.

Danach wartete sie an ihrem Schreibtisch, bis Adrian zu ihr hinblickte und nickte.

Sie begab sich mit den Unterlagen zu ihm.

«Ich habe extra gewartet, bis sie fertig sind, für den Fall, dass jemand gekommen wäre», sagte sie verschwörerisch lächelnd.

Adrian lachte auch. Schnell visierte er die Papiere.

«Ich wusste ja gar nicht, dass sie so raffiniert sind.»

Sie verliessen das Büro zusammen und gingen zu Adrians Auto.

«Wo möchten Sie den Kaffee trinken?», erkundigte er sich.

Etwas überrumpelt, kam Liliane nur ein Restaurant, in dem sie mal mit Gundela gewesen war, in den Sinn.

«In der Seerose, das liegt ...»

«Ich kenne es», unterbrach er sie.

«Oh, dann kommt es wohl nicht in Frage», meinte sie verzagt.

«Doch», widersprach er.

«Sie haben mich falsch verstanden Ich kenne es, weil es an meinem Arbeitsweg liegt. Ich fahre täglich daran vorbei, aber drin war ich noch nie», erklärte er.

Liliane war beruhigt. An sie würde sich auch keiner erinnern.

Hilde richtete gegen sieben Uhr den Tisch fürs Abendbrot. Sie wusste, dass Adrian während des Monatsabschlusses später nach Hause kam.

Als es halb acht war, verspürte sie Hunger. Sie trat zum Telefon und rief ihn am Arbeitsplatz an. Niemand nahm ab. In den nächsten zehn Minuten würde er hereinkommen. Sie richtete sich einen Kaffee und nahm die letzten Esswaren aus dem Kühlschrank.

Sie setzte sich schon mal an den Tisch. Nachdem sie noch kurz gewartet hatte, fing sie an zu essen.

Sie war immer noch allein, als sie ihren Hunger gestillt hatte. Sollte sie nochmals anrufen? Vielleicht war er gerade auf der Toilette gewesen. Es spielte jetzt eigentlich keine Rolle mehr, denn für heute war der Zeitpunkt eines gemeinsamen Abendessens vorbei.

Sie stellte Butter und Wurst zurück in den Kühlschrank, liess aber ihr gebrauchtes Geschirr demonstrativ stehen.

Sie blätterte kurz im Fernsehprogramm und suchte sich die Abendsendung aus. Miezi setzte sich auf ihren Schoss und stupfte sie auffordernd mit dem Kopf. Sie wollte gestreichelt werden, wie jeden Abend. Hilde wählte den gewünschten Sender, lehnte sich zurück und fing an die Katze zu kraulen. Das war heute ein friedlicher Abend so ganz ohne Adrian.

Dieser bog gerade auf die Hauptstrasse ein. Während der Fahrt ins Seequartier der Kleinstadt schwiegen beide.

Nachdem er den Wagen geparkt hatte, ging er auf ihre Seite und half ihr beim Aussteigen. Liliane fand das sehr galant. So hatte sie noch niemand behandelt. Dankbar lächelte sie ihm zu.

Im Restaurant war nicht viel Betrieb. Drei Tische waren besetzt mit Leuten, die assen. Es gab auch noch eine Art Stammtisch, an dem einige Männer sassen, die Bier tranken. Die beiden wurden kurz gemustert, als Neue eingestuft und nicht weiter beachtet.

Sie setzten sich an einen Fenstertisch etwas abseits der übrigen Gäste. Auf dem Tisch war eine Dessertkarte in einen kleinen Holzständer geklemmt. Die Titelseite zeigte einen verführerischen Eisbecher. Lilianes Augen blieben unwillkürlich daran hängen.

Adrian beobachtete sie.

«Möchten Sie ein Eis und den Kaffee hinterher? Gewissermassen zum Aufwärmen?», fragte er.

Liliane zögerte. Sie war schon vollschlank. Er sollte sie nicht für verfressen halten.

«Nein, lieber nicht», wehrte sie ab.

Adrian griff zu der Karte.

«Also ich nehme einen Danmark. Ich liebe heisse Schokolade», beschloss er.

«Überredet», gab sie nach.

Er bestellte zwei Eisbecher. Dann fielen sie beide in ein verlegenes Schweigen.

Schliesslich fand Adrian ein unverfängliches Thema.

«Wohnen Sie in der Gegend?»

«Nein, ich lebe im nördlichen Teil des Ortes, gerade entgegengesetzt von hier.»

Liliane zögerte kurz.

«Ich wohne bei meiner Mutter. Sie kann nicht allein sein und mein Vater ist schon vor Jahren gestorben.»

«Ach so, das ist sicher nicht einfach», zeigte Adrian Verständnis.

Das überraschte sie. Die meisten, denen sie ihre häusliche Situation offenbarte, reagierten mit Verachtung.

«Sie ist nicht pflegebedürftig», präzisierte sie.

«Es ist mehr die finanzielle Seite. Sie bekommt nur eine kleine Rente und, na ja, ihre Kräfte lassen nach. Im Haushalt muss ich die schwereren Arbeiten erledigen. Da ist es einfacher zusammenzuwohnen.»

Adrian nickte zustimmend.

Einmal in Fahrt gekommen, sprach Liliane munter drauflos.

«Dieses Restaurant kenne ich wegen meiner Freundin Gundela. Die wohnt hier um die Ecke in einem der Neubauten. Aber wir waren auch erst einmal da.»

Die Eisbecher kamen. Während beide mit essen beschäftigt waren, wurde es wieder still.

Liliane hatte ungefähr die Hälfte gegessen und goss gerade wieder Schokolade nach, als Adrian das Schweigen brach.

«Ich bin verheiratet, aber das wissen Sie sicher. Natürlich, Sie erwähnten es ja vorhin im Büro», erinnerte er sich.

«Haben Sie Kinder?»

Liliane hatte ihn nie über seine Familie sprechen gehört.

«Nein, nur meine Frau und ich. Und die Katze!», setzte er heftig hinzu.

Liliane sah verblüfft auf.

«Mögen Sie keine Katzen?»

«Ach, das ist kompliziert», seufzte er.

Das kannte Liliane. Es gab so viele Nuancen im Leben, die für jemanden selbst wichtig, aber für andere nicht nachvollziehbar waren.

«Sagen Sie geradeheraus, wie es ist. Ich verstehe das schon», munterte sie ihn auf.

Adrian sah sie an und fühlte sich plötzlich verstanden.

«Es ist gerade, weil wir keine Kinder haben», begann er sein Herz auszuschütten.

«Meine Frau nimmt die Katze als Ersatz. Das wäre nicht so schlimm, wenn sie mir nicht dauernd Vorwürfe machen würde. Sie macht sie nicht zu mir, sie spricht mit Miezi über mich. Verstehen Sie, wie ich das meine?»

Liliane nickte. Sie kannte das. Ihre Mutter murmelte ihre Proteste auch vor sich hin ins Leere, aber jeweils laut genug, dass ihre Tochter sie hörte.

«Das kenne ich. Man fühlt sich hilflos», bestätigte Liliane.

«Und dann die Anklagen. Wir haben das abklären lassen. Ich bin zeugungsunfähig.»

Adrian spürte, dass er rot wurde.

«Ich meine, mein Sperma ist nicht lebensfähig», präzisierte er.

«Ich bin nicht impotent.»

Liliane senkte verschämt die Augen. Zum ersten Mal hatte er Sex angesprochen. Genau in diesem Augenblick, schoss ihr der Gedanke an Gundelas Angebot durch den Kopf.

Adrian wollte ihr aus der Verlegenheit helfen und sprach schnell weiter.

«In letzter Zeit, das heisst, seit etwa einem Jahr, streiten wir nur noch. Vor ein paar Wochen hatte ich wieder Hoffnung, aber das war nur ein kurzer Lichtblick.»

Liliane war erstaunt, ihre Schilderungen gegenüber Gundela bestätigt zu finden. Ihr Adrian war tatsächlich mit einer Xanthippe verheiratet und er war unglücklich.

«Warum lassen Sie sich nicht scheiden?», platzte sie heraus.

Adrian schüttelte den Kopf.

«Ich kann doch meine Frau nicht auch noch alleine lassen», meinte er.

Das klang selbst für ihn etwas unlogisch, aber Liliane nickte zustimmend. Sie waren beide gebunden. Unglücklich, jedoch nicht gewillt, die Situation zu ändern.

Jetzt musste sie Gewissheit haben.

«Haben Sie ihre Frau schon einmal betrogen?», erkundigte sie sich mit neutralem Tonfall.

Adrian schüttelte den Kopf. Dann schaute er sie aufmerksam an. Konnte es sein, dass ihm da gerade eine Lösung geboten wurde? Ein bisschen Geborgenheit und Verständnis. Und das ausgerechnet von dieser unscheinbaren, pummeligen Person, die von allen Mitarbeitern lächerlich gemacht wurde.

Sie war keine Schönheit, hatte jedoch tiefe Gefühle, das erkannte er jetzt. Erfahrung mit Enttäuschungen, Sehnsucht nach Wärme, Dankbarkeit für ein bisschen Zuneigung. Aber genug Taktgefühl, um es nur diskret anzudeuten und ihm die Entscheidung zu überlassen. Nicht nur, ob er das Angebot annahm, sondern auch, wie weit er gehen wollte. Das wichtigste war, dass selbst eine Ablehnung keine Folgen haben würde. Er war sich sicher, dass sie sich am anderen Morgen im Büro nichts anmerken liesse, wahrscheinlich sogar die verstohlenen Treffen beim Kaffeeautomaten einstellen würde.

Überrascht von seiner Empfindung hatte er es plötzlich eilig. Er wollte mit Liliane allein sein.

«Gehen wir», sagte er kurz und winkte dem Kellner.

Liliane hatte Angst, zu weit gegangen zu sein. Stumm folgte sie ihm zum Wagen. Sie wollte gerade den Vorschlag machen, den Bus zu nehmen, als er sich umdrehte und sie in die Arme nahm.

«Ich muss einfach mit dir allein sein», flüsterte er.

«Fahren wir auf einen Parkplatz», schlug er vor und Liliane nickte glücklich.

Es gab am Seeufer genügend Möglichkeiten, den Wagen abzustellen und schon der zweite Platz war leer. Adrian fuhr in die hinterste Ecke und löschte das Licht.

Sie knutschten, streichelten und drückten sich, aber es gab nur Zärtlichkeit, keine sexuellen Handlungen. Beide waren sie zu gehemmt.

Schliesslich löste sich Adrian.

«Tut mir leid, wenn du mehr erwartest», sagte er.

«Ich finde Sex im Auto schlicht zu billig. Ich meine in unserer Situation.»

Liliane nickte. Dann fasste sie sich ein Herz.

«Würdest du dich mit mir in einer Wohnung treffen?»

«Welcher Wohnung?», wollte er wissen.

«Gundela würde uns ihre Wohnung zur Verfügung stellen», platzte Liliane heraus.

Adrian sah sie misstrauisch an. War das Ganze, wider Erwarten, ein abgekartetes Spiel?

Liliane bemerkte ihren Fehler.

«Wir haben mal ganz allgemein darüber gesprochen, dass ich nirgends hingehen kann, wenn ich einen Freund hätte», sagte sie schnell.

«Da hat sie mir ihre Wohnung angeboten. Natürlich muss ich sie fragen, ob sie jetzt noch einverstanden ist, aber ich glaube nicht, dass sie nein sagt.»

Adrian war sich nicht sicher, ob sie log. Zumindest ihr Tonfall hatte sich geändert.

Die Stimmung war sowieso zerstört und er musste nach Hause.

«Gut, frag sie mal.»

Er liess den Motor an.

Liliane wartete, bis sie die Strasse erreichten.

«Du kannst mich an der ersten Bushaltestelle herauslassen. Ich habe eine Monatskarte», schlug sie vor.

Dort angekommen, blieb Adrian sitzen und gab ihr zum Abschied einen flüchtigen Wangenkuss.

«Gute Nacht, bis morgen.»

«Schlaf gut», entgegnete sie und stieg aus.

Nachdem er abgefahren war, trat sie an die Fahrplantafel. Den letzten Bus hatte sie um fünf Minuten verpasst und diese Linie fuhr am Abend nur halbstündig. Sie konnte genauso gut losmarschieren und an einer späteren Haltestelle zusteigen, als hier in der Nacht herumzustehen.

Tränen der Wut über sich selbst und der Enttäuschung, alles vermasselt zu haben, stiegen ihr auf.

Wenigstens war die Strasse menschenleer, sodass es niemand sah.

Adrian parkte sein Auto in der Tiefgarage. Er hatte nicht bemerkt, wie spät es geworden war.

Erst, als kurz vor der Einfahrt die Spätnachrichten begannen, war ihm bewusst geworden, dass er vergessen hatte, Hilde anzurufen. Ausserdem hatte er gedacht, dass er nur schnell einen Kaffee mit Liliane trinken würde. Er hätte locker um halb neun zu Hause sein können.

Mit einem etwas mulmigen Gefühl, öffnete er die Wohnungstür. Hilde stand beim Schlafzimmer, dessen Tür bereits offenstand. Miezi war schon hineingeschlüpft und wartete am Fussende des Bettes auf das aufschütteln der Decke.

«Ich wollte gerade ins Bett gehen», sagte sie an Stelle einer Begrüssung.

«Tut mir leid, im Büro gab es Probleme und dann habe ich die Zeit nicht beachtet», entschuldigte er sich, ebenfalls ohne zu grüssen.

Hilde zuckte die Achseln. Sie war zu müde, um zu streiten. Sie drehte sich nur achselzuckend um, betrat das Schlafzimmer und schloss die Tür.

Adrian war froh. Er hatte einen Streit erwartet. Nicht weil es so spät geworden war, sondern weil er nicht Bescheid gesagt hatte.

Er betrachtete den Tisch, sah das demonstrativ stehengelassene Geschirr. Hilde konnte auch ohne Worte ihren Standpunkt klar machen.

Er begann abzuräumen. Nach dem grossen Eisbecher hatte er keinen Hunger mehr. Nur einen Kaffee wollte er noch. Er liess sich einen Espresso heraus, damit er nachher noch schlafen konnte.

Damit setzte er sich ins Wohnzimmer. Seine Ehe war wirklich kaputt. Jetzt stritten sie sich nicht einmal mehr. Er verglich Hilde mit Liliane. Seine Frau war hübscher, obwohl sie mindestens zehn Jahre älter war. Aber die Gefühle und das Verständnis, das ihm Liliane heute gezeigt hatte, beeindruckten ihn gewaltig. Das war nicht gespielt gewesen. Sie hatte wirklich gewusst, wovon er sprach. Die seelische Einsamkeit, obwohl man nicht alleine lebte, war ihr bekannt.

Während der Schmuserei hatte er auch körperlich reagiert. Zwar hatte er vor zwei Wochen mit Hilde Sex gehabt, aber das war das einzige Mal seit einem Jahr.

Unvermittelt kam ihm ein Gedanke. Hatte Liliane seine Erregung gespürt, als sie den Vorschlag machte? Dann hätte er ihr Unrecht getan. Allerdings war er darüber so verblüfft gewesen, dass er fast gezwungen wurde, eine Hinterlist zu vermuten. Zumal er diese ominöse Freundin nicht kannte. Liliane hatte sie, respektive ihr Verhältnis zueinander nicht beschrieben.

Trotzdem, ein Gefühl, dass Liliane es darauf angelegt hatte, ein Verhältnis mit ihm anzufangen, blieb.

Unvermittelt begann Adrian zu lachen. Selbst wenn, was war das schon für ein Unterschied. Sie wollte es und er wäre auch nicht abgeneigt. Hilde war es sowieso egal. Vermutete er zumindest.

Er trank den Kaffee aus und ging ins Badezimmer, um die Zähne zu putzen.

Adelheid Nachbauer überlegte zum x-ten Mal, ob sie die Polizei anrufen sollte. Liliane war mindestens vier

Stunden überfällig. Das sah ihr einfach nicht ähnlich, wegzubleiben, ohne anzurufen.

Gerade wollte sie zum Hörer greifen, als sie hörte wie ihre Tochter hereinkam.

Frau Nachbauer eilte auf den Flur.

«Gott sei Dank», rief sie erleichtert, aber auch empört und ärgerlich.

Liliane sah sie nur an. Ihre Mutter bemerkte, dass sie geweint hatte.

«Ist dir etwas passiert?», fragte sie besorgt.

Liliane schüttelte den Kopf. Dann nickte sie.

«Doch», begann sie.

«Ich habe im Büro Mist gebaut, den ich ausbügeln musste.»

Die Mutter atmete auf.

«Du warst bis jetzt im Büro?», erkundigte sie sich.

Liliane nickte.

«Und dann habe ich auch noch den Bus verpasst. Ach weisst du, ich bin nur müde.»

Liliane bewegte sich in Richtung ihres Zimmers.

«Ja, willst du nichts mehr essen?», fragte ihre Mutter besorgt.

«Ich habe schon gegessen. Ich habe mir etwas aus dem Automaten besorgt.»

«Aber da sind doch nur Süssigkeiten drin.»

Liliane hatte ihrer Mutter mal von dem Automaten und dessen Versuchungen erzählt.

«Na und, werde ich eben noch dicker», schrie Liliane.

«Und jetzt lass mich in Ruhe. Ich bin schliesslich kein Kind mehr.»

Damit betrat sie ihr Zimmer und knallte die Tür zu.

So ein Verhalten war sich Frau Nachbauer überhaupt nicht gewöhnt. Am liebsten hätte sie die Tür aufgerissen und von Liliane verlangt, dass sie sich entschuldigte. Sie ging einen Schritt, blieb aber gleich wieder stehen. Lilianes Vorwurf traf sie. Die Mutter vergass manchmal zu leicht, dass Liliane wirklich erwachsen war.

Aber jetzt war sie zu Hause. Man musste sich keine Sorgen mehr machen. Wahrscheinlich hatte sie wegen dem verpassten Bus geweint. Nach dem Ärger im Büro auch noch dies. Das erklärte auch ihre Wut. Adelheid Nachbauer ging beruhigt zu Bett.

Adrian war früh im Büro. Liliane kam später als sonst.

«Guten Morgen, Herr Bürger», grüsste sie, als sie an seinem Schreibtisch vorbeiging.

«Guten Morgen, Frau Nachbauer.»

Adrian hatte richtig vermutet. Sie zeigte im Büro keine Vertraulichkeit.

Liliane wusste nicht, woran sie war. Sie ging momentan davon aus, dass Adrian schon bereute, den Abend mit ihr verbracht zu haben. Natürlich hätte sie sich auch sonst nichts anmerken lassen. Sie war sich bewusst, dass sie Adrian bei der Arbeit immer mit ‹Sie› ansprechen würde. Ausser er fand eine Möglichkeit, ihr vor der Belegschaft das Du anzubieten. Keinesfalls durften sie sich quasi über Nacht ohne ersichtlichen Grund unerwartet duzen. Das gäbe sofort riesigen Tratsch und das mussten sie vermeiden.

Adrian war froh über ihre Reaktion. Er war sich jetzt ganz sicher, dass die Situation auf dem Parkplatz ein Missverständnis seinerseits war. Liliane tat ihm leid. Er musste ihr rasch verständlich machen, dass er ihr nicht böse war.

Die Gelegenheit ergab sich schnell. Als Liliane sich einen Kaffee holte, sprach er sie an und bat sie, ihm die Monatsrechnung, die Ursache des gestrigen Gespräches, zu bringen.

Er legte einen kleinen Zettel so auf den Schreibtisch, dass sie ihn sehen musste. Darauf stand nur ein Wort, Gundela und ein Fragezeichen.

Als Liliane ihn sah, musste sie gegen die Tränen der Erleichterung kämpfen. Adrian half ihr, indem er lauter als gewöhnlich sprach.

«Aber Frau Nachbauer, Liliane, das ist doch kein Unglück. Das kann doch mal passieren. Warum haben Sie sich nicht schon gestern an mich gewandt?»

Liliane begriff sofort, warum er ihren Vornamen genannt hatte.

«Ich habe mich nicht getraut. Sie sind immer so unnahbar», erwiderte sie ebenfalls deutlich hörbar.

Als, ob sie es geprobt hätten, gab sie ihm damit das Stichwort zurück.

«Also wissen Sie was. Ich heisse Adrian und du kannst mich duzen. Wenn es das nächste Mal ein Problem gibt, kommst du einfach und wir besprechen das in aller Ruhe. Ist das okay so?»

Liliane lächelte ihn dankbar an.

«Natürlich, Herr Bürger, äh, Adrian. Dann meinen Sie, äh du, dass das so in Ordnung ist?»

Dabei zeigte sie auf den Zettel, aber für die anderen musste es so aussehen, als ob es sich um die Rechnung handelte. Adrian entliess sie mit einem bestätigenden Nicken.

Liliane ging, den Ordner fest an sich gepresst, glücklich zu ihrem Platz zurück. Eine Träne lief ihr über die Wange, aber sie wischte sie nicht weg.

Die anderen schmunzelten. Der pummelige Tollpatsch hatte etwas verbockt und Adrian Bürger hatte so viel Mitleid mit ihr, dass er ihr sogar das Du antrug. Es war nicht ungewöhnlich, die meisten im Büro duzten sich untereinander, auch mit Adrian. Tatsächlich war bisher niemandem aufgefallen, dass diese Beiden noch so förmlich miteinander umgingen, denn es gab selten Gespräche zwischen ihnen.

Gundela hatte gerade ihr Abendessen beendet, als sie am Klingelton erkannte, dass Liliane anrief.

Seit ihrem Vorschlag hatte, wie erwartet, Funkstille geherrscht. Nun würde Liliane entweder eine herzzerreissende Trennung inszenieren oder einen Neuen präsentieren.

Gespannt nahm Gundela ab.

«Hallo Gundela, störe ich dich», grüsste Liliane in einem fast energischen Ton.

«Hallo Liliane, nein du störst nicht», erwiderte ihre Freundin etwas überrascht.

«Du, ich möchte dich nur fragen, ob dein Angebot noch gilt», fragte Liliane, doch es klang eher wie eine Feststellung.

Nun war Gundela total verblüfft.

«Heisst das, du brauchst die Wohnung?»

«Ja gerne. Aber ich weiss noch nicht wann. Ich muss mich zuerst mit Adrian besprechen. Ich wollte ihm aber nicht gerade deinen freien Tag vorschlagen. Das wäre doch ein bisschen peinlich.»

Ach, diese Variante, dass Liliane Zeit schinden könnte, hatte Gundela übersehen. Da das Reisebüro auch samstags geöffnet hatte, wechselten die Wochentage, an denen sie frei hatte. Sie holte ihren Kalender und gab die Daten für die nächsten sechs Wochen durch. Dann konnte sie es sich nicht verkneifen, nachzuhaken.

«Hast du ihm denn schon von meiner Wohnung erzählt?»

«Ja, gestern. Wir waren in der Seerose ein Eis essen», kam die unerwartete Antwort.

«Nochmals Danke und einen schönen Abend!»

Damit unterbrach Liliane das Gespräch, bevor Gundela noch etwas erwidern konnte.

Was war das jetzt gewesen. Keine euphorische Erzählung mit romantischen Ausschmückungen. Nur eine schnelle Anfrage. Gundela vermutete sogar, dass sie das mit der Seerose ohne Nachfrage nicht erwähnt hätte. War das die Retourkutsche für das zynische Angebot. Hatte Liliane ihre Freundin durchschaut. Aber wieso die plumpe Angabe mit dem Restaurant, die doch so leicht überprüft werden konnte?

Gundela betrat das Lokal und setzte sich an ihren gewohnten Tisch neben dem Stammtisch. Der Kellner sah zu ihr hinüber.

«Wie immer?»

Gundela nickte.

Er brachte den Cappuccino.

«Ich wollte gestern mein Freundin treffen, aber dann ist mir etwas dazwischen gekommen. War sie hier?», erkundigte sie sich.

«Sie ist etwas pummelig mit rostbraunen Haaren.»
Gundela deutete die Haarlänge an.

«Ja, mit einem Herrn», bestätigte er.

«Die beiden haben Eis gegessen, sind dann aber plötzlich aufgebrochen. Ich glaube jedoch nicht, dass Sie vermisst wurden. Jedenfalls haben sich die beiden intensiv unterhalten und hatten nur Augen für sich.»

Verwirrt bezahlt Gundela, trank aus und ging.

Zu Hause musste sie sich erst hinsetzen, um diese Neuigkeit zu verdauen. Liliane war tatsächlich mit einem Mann (Adrian?) ausgegangen. Gundela überlegte, wen ihre Freundin sonst noch kennen und um einen Gefallen gebeten haben konnte. So ganz glaubte sie die Geschichte immer noch nicht. Es kam jedoch niemand anderes in Frage. Liliane hatte keine nahen männlichen Verwandten. Gundela traute dem Kellner zu, dass er die Situation richtig einschätzte. Dann hatte es sich um ein trautes Zusammensein gehandelt.

Daraus folgte, dass ihre Wohnung tatsächlich gebraucht wurde. Dabei hatte sich Gundela schon überlegt, ob sie wegen der hohen Kosten nicht doch etwas Billigeres suchen musste. Ihr Gehalt reichte in manchen Monaten nicht für Miete und Rechnungen. Auf einmal hatte sie eine Idee, wie sie eventuell aus der Situation Kapital schlagen konnte. Nur Liliane durfte davon nichts wissen.

Liliane wusste, wann der Monatsabschluss fertig sein musste. Der Tag danach war günstig. Gundela arbeitete und Adrian konnte sich zu Hause noch mit Überstunden herausreden.

Als alle ausser Liliane in die Kaffeepause gegangen waren, legte sie eine Rechnung mit angeklebtem Notizzettel auf seinen Schreibtisch. Das fiel nicht auf, denn es kam öfter vor, dass man einen Kommentar anfügte, wozu die Bestellung gedient hatte.

Adrian sah das Papier sofort, wollte es sogar schon zur Seite legen, als er die Botschaft erkannte. Es war lediglich ein Datum und die Uhrzeit siebzehn Uhr dreissig. Einen Tag nach dem Monatsabschluss. Das war perfekt.

Er nahm einen neuen Notizzettel, schrieb O.K. darauf und legte das Ganze auf die Seite.

Liliane holte sich einen Kaffee. Auf dem Rückweg nahm sie die Rechnung ohne Worte mit.

Sie war schon zwei Schritte weg, als Adrians Stimme sie erreichte.

«Sind die nicht umgezogen?», fragte er auf die Rechnung deutend.

Liliane blieb stehen und nickte.

«Ich gebe dir die neue Adresse», sagte sie.

Kurz darauf kehrte sie mit einem weiteren Zettel, auf dem Gundelas Name und Adresse stand, zurück. Mit einem kurzen Danke nahm er ihn entgegen.

Niemand beachtete den Vorfall.

Gundela hatte den Anruf halbwegs erwartet. Seit sie wusste, dass wirklich etwas zwischen Lilianne und diesem Adrian lief, fing sie an, ihre Freundin ernst zu nehmen.

Diese teilte ihr das Datum mit. Dann herrschte für einen Moment tatsächlich ein beklommenes Schweigen. Keine wusste genau, wie sie das kommende Treffen behandeln sollte. Selbst die weltoffene Gundela wollte den persönlichen Sex ihrer Freundin nicht direkt ansprechen und diese war zu gehemmt dazu. Nach einem verlegenen Räuspern, verabschiedeten sie sich.

Liliane betrat Gundelas Wohnung schon um viertel nach fünf. Alles war aufgeräumt und sauber. Gundela hatte gestern frei gehabt und musste die ganze Wohnung auf Vordermann gebracht haben. Nicht, dass sie sonst schlampig war, aber jetzt blitzten die Räume vor Sauberkeit. Kein Krümel oder Stäubchen lag herum.

Liliane ging ins Schlafzimmer. Das Bett war neu bezogen. Gundela hatte alles super vorbereitet. Wären nicht die persönlichen Gegenstände und Fotos gewesen, hätte es ein Hotelappartement sein können.

Im Kühlschrank fand Liliane neben Mineralwasser Weisswein und auf der Arbeitsfläche lagen eine Tüte Chips, sowie Erdnüsse. Daneben standen zwei kleine Schalen, eine Flasche Rotwein und je zwei passende Gläser.

Das war typisch für die erfahrene Gundela. Liliane war gerührt. Sie selbst hatte nicht an solche Dinge gedacht.

Da läutete es an der Tür. Schnell öffnete sie und liess Adrian herein.

Er nahm sie in die Arme und küsste sie sanft. Dann lösten sie sich voneinander und Liliane zeigte ihm die Wohnung und die vorbereiteten Getränke und Knabbereien.

Gemeinsam füllten sie die Schalen und trugen sie mit den Gläser, dem Weisswein und Mineralwasser ins Wohnzimmer. Das nahm beiden etwas die Hemmungen.

Sie setzten sich aufs Sofa.

«Wo hast du geparkt?», wollte Liliane wissen.

«Beim Restaurant, das ist ja wirklich um die Ecke», erwiderte Adrian.

«Ich habe dort auch einen Kaffee getrunken, damit es nicht auffällt.»

Er musste kurz nach ihr das Büro verlassen haben. Das war sicher nicht aufgefallen. Für ihn war das die gewohnte Zeit. Nur Liliane hatte einen früheren Zug genommen, aber das hatte sie auch schon vorher manchmal getan.

«Ich glaube, es gibt Besucherparkplätze vor dem Haus», meinte sie.

«Ich kann meinen Wagen ja abwechselnd mal da und dort abstellen», schlug er vor.

«Ich werde Gundela fragen, ob ich den Schlüssel kopieren darf», spann sie den Faden weiter.

«Dann kannst du notfalls auch vor mir herein.»

Bei einem Glas Wein besprachen sie weitere Treffen. Liliane erklärte, wie Gundela arbeitete und er meinte, dass es ihm auch nur zwischen den Monatsabschlüssen ginge.

Liliane wusste noch nicht, wie sie ihrer Mutter die Abwesenheiten erklären sollte, wollte das aber Adrian gegenüber nicht äussern.

Deshalb war sie doch etwas erleichtert, dass es wahrscheinlich höchstens ein oder zwei Treffen pro Monat geben würde.

Natürlich wünschte sie sich mehr und das sagte sie Adrian auch. Der nahm sie wieder in den Arm und plötzlich fielen die Hemmungen ab. Sie schmusten und nach einer Weile zog er sie ins Schlafzimmer.

Für Liliane war es eine ganz neue Erfahrung. Kein Vergleich mit dem anderen Mal, als sie ebenfalls geglaubt hatte, endlich den richtigen gefunden zu haben.

Jetzt war es auch eine gefühlsmässige Übereinstimmung. Adrian ging auf sie ein, benutzte sie nicht nur. Er liess ihr Zeit und erst als sie bereit war, drang er in sie ein. Liliane war überwältigt vor Glück.

Um halb neun stand Gundela vor der Wohnungstür und überlegte, ob die Beiden schon weg waren. Schliesslich läutete sie. Liliane öffnete.

«Oh, ich wollte nicht stören», stotterte Gundela.

«Du störst nicht», lachte Liliane und zog ihre Freundin in die Wohnung.

«Ich habe auf dich gewartet. Adrian ist schon vor einer halben Stunde weggefahren.»

Gundela war es ein bisschen peinlich, die glückliche Liliane, der sie das verbrachte Schäferstündchen noch anmerkte, zu treffen. Hoffentlich erzählte sie ihr jetzt nicht alles bis ins kleinste Detail. Darauf hatte Gundela keinen Bock.

«Ich wollte mich bei dir bedanken. Dann musst du mir noch sagen, was der Wein und so gekostet hat», erklärte sie.

«Ich möchte nicht, dass du auch noch Auslagen hast, nachdem du dir schon die Mühe mit der Wohnung gemacht hast. Es war einfach super. Vielen, vielen Dank!»

«Gern geschehen», erwiderte Gundela lahm.

«Das Bett habe ich abgezogen, aber ich wollte nicht in den Schränken nach neuer Bettwäsche suchen», fuhr Liliane etwas errötend fort.

«Wenn du sie mir gibst, beziehe ich es schnell.»

«Lass nur, das mache ich nachher selbst.»

Lilianes feine Antennen registrierten, dass Gundela sie los haben wollte.

Schnell nahm sie einen Geldschein aus der Handtasche und streckte ihn ihrer Freundin hin.

«Das ist zu viel», wehrte diese ab.

Liliane legte ihn auf den Salontisch.

«Lass nur. Ich bin wirklich froh, um dein Angebot.»

Bevor es peinlich werden konnte, wandte sie sich zur Tür.

«Das nächste Mal werde ich weg sein, wenn du kommst», versprach sie.

«Wann ist das denn?»

Liliane nannte das Datum und ging mit einem gute Nacht hinaus.

Gundela setzte sich resigniert aufs Sofa. Das hatte sie nun davon. Wer A sagte, musste auch B sagen. Seufzend stand sie auf. Irgendwie fühlte sie sich wie eine Puffmutter.

Hilde hatte mit dem Abendessen nicht gewartet, da ihr Mann schon am Morgen gesagt hatte, dass es später werde. Es gab offenbar Probleme im Monatsabschluss.

Als Adrian heimkam, bot sich ihm das gewohnte Bild. Seine Frau sass mit Miezi auf dem Schoss vor dem Fernseher. Die Abendsendung hatte schon angefangen.

Sein Gedeck stand allein auf dem Tisch.

«Ich wusste nicht, was du willst», sprach Hilde, den Blick weiter auf den Bildschirm geheftet.

«Ich meine, wie hungrig du bist.»

Ausnahmsweise war es Adrian recht, dass sie ihn nicht weiter beachtete. Er hatte sich nicht getraut, in der fremden Wohnung auch noch zu duschen. Nun hatte er Angst, seine Frau könnte etwas merken.

«Ich bin ganz verschwitzt. Ich werde zuerst duschen», entgegnete er.

Sie nickte beiläufig und er verschwand im Bad.

Liliane hatte vom Büro aus ihrer Mutter Bescheid gesagt, dass es später werde. Trotzdem kam diese auf den Flur, als sie ihre Tochter eintreten hörte.

«Ich habe mit dem Essen gewartet», sagte sie vorwurfsvoll.

«Mutter, ich habe doch gesagt, dass du schon mal essen sollst», meinte Liliane verärgert.

«Kann ich nicht einmal an einem Abend etwas unternehmen?»

Das ‹einmal› betonte sie dabei demonstrativ.

«Du bist kürzlich schon später gekommen», warf ihre Mutter ihr vor.

Liliane platzte der Kragen.

«Mutter! Ich bin erwachsen. Ich war bei Gundela und du hast das gewusst. Ich kann mir auch alleine etwas zu essen machen, wenn ich noch hungrig bin. Das nächste Mal isst du etwas und wartest auf keinen Fall.»

Sie war unvermittelt sehr müde. Die tolle Stimmung, die Adrian verursacht hatte, war vorbei. Sie brach in Tränen der Enttäuschung und der Wut aus.

Verblüfft starrte Frau Nachbauer auf ihre Tochter.

«Tut mir leid, das wollte ich nicht», stotterte sie hilflos.

Liliane ging in ihr Zimmer.

«Iss jetzt», befahl sie ihr und schloss die Tür.

Nachdem die Mutter vergeblich noch fünf Minuten gewartet hatte, begann sie zu essen. Aber sie hatte Mühe zu schlucken. Ihr Hals war wie zugeschnürt.

Was war nur in letzter Zeit mit Liliane los. Seit sie kürzlich so spät nach Hause gekommen war, hatte sie sich verändert. Sie war energischer, als hätte sie ein Ziel.

War diese Gundela daran schuld? Lilianes Mutter hatte diese komische Freundschaft schon länger misstrauisch verfolgt. Sie hatte den Eindruck gehabt, dass es vor allem ihre Tochter war, die sie suchte. Gundela kam zum Beispiel nie zu Liliane nach Hause, während diese offenbar ihre Freundin besuchte, wie der heutige Abend bewies.

Der Gedanke, dass sie, Adelheid Nachbauer, der Hinderungsgrund für die fehlenden Besuche sein könnte, kam ihr allerdings nicht.

Sie wäre entsetzt gewesen, wenn sie gewusst hätte, dass es Liliane war, die ihretwegen nie eine Einladung ausgesprochen hatte. Dabei schämte sich Liliane nicht für ihre Mutter, sondern für sich selbst. Sie musste ihrer Freundin ihre Unselbständigkeit nicht noch bildlich vor Augen führen.

Genau das war der springende Punkt. Liliane begann eigene Wege zu gehen. Frau Nachbauer hatte plötzlich Angst, dass sie nicht mehr die einzige Rolle im Leben ihrer Tochter spielen könnte. Dieses Pochen aufs Erwachsen sein, den Ausdruck hatte Liliane schon das letzte Mal benutzt, war auf einmal eine Bedrohung.

Bezeichnenderweise kam ihr überhaupt nicht in den Sinn, dass ein Mann dahinterstecken könnte. Männer waren in Lilianes Leben inexistent.

Diese Gundela musste einen schlechten Einfluss auf Liliane haben, davon war ihre Mutter jetzt überzeugt. Allerdings war sie ratlos, wie sie das verhindern sollte. Auf keinen Fall mit Vorwürfen. Das war nun schon zweimal schief gegangen.

Seufzend trug sie ihr benutztes Gedeck in die Küche. Sie wartete noch bis zu den Spätnachrichten, aber Liliane erschien nicht mehr.

Diese lag im Bett und starrte an die Decke. Die Tränen waren versiegt.

Warum nur ging immer alles daneben. Sie hatte sich mit einem Hochgefühl von Adrian verabschiedet. Sie würden sich in zwei Wochen nochmals treffen.

Bereits beim Warten auf Gundela hatte sich jedoch die Empfindung normalisiert. Dieser Empfang zu Hause hatte ihr dann den Rest gegeben.

Sie bemühte sich noch einen Zipfel davon festzuhalten, die Gefühle bei Adrians Umarmung wieder heraufzubeschwören.

Sie erinnerte sich an die Zärtlichkeiten, mit der er ihre Lust geweckt hatte. So langsam kam die Stimmung zurück und sie begann sich aufs nächste Mal zu freuen. Da sie es schon erlebt hatte, konnte sie sich jetzt ausmalen, wie es das nächste Mal sein würde.

Morgen würde sie den Schlüssel nachmachen lassen. Sie musste es Adrian leicht machen, mit ihr zusammen sein zu können.

Ach, sie hatte vergessen, Gundela zu fragen. Musste diese das überhaupt wissen? Sie war ja einverstanden, dass ihre Wohnung benutzt wurde und Adrian würde sorgsam mit dem Schlüssel umgehen. Liliane würde es beim nächsten Telefonat einfach erwähnen. Gundela würde ihn bestimmt nicht zurückfordern.

Mit diesem Gedanken schlief sie ein.

Gundela bezog das Bett ein weiteres Mal an diesem Tag neu.

Am Fussende lag die schmutzige Bettwäsche, als sichtbarstes Zeichen des Treffens, am Boden. Gundela holte den Wäschekorb und stopfte sie hinein.

Gleich morgen früh würde sie eine Maschine machen. Es war zwar nicht ihr Waschtag, aber es hatte zwei Automaten in der Waschküche und wenn man Glück hatte, konnte man auch zwischendurch waschen.

Sie trug die Schmutzwäsche in das Kellergeschoss. Auf dem Plan war Frau Räber eingetragen. Das traf sich gut. Mit ihr konnte Gundela sich verständigen. Sie würde einen Notfall vortäuschen, einen gesundheitlichen Grund erfinden, weshalb sie so viel Bettwäsche hatte.

Sie füllte die Maschine so, dass sie sie am Morgen nur noch einschalten musste.

Wieder in der Wohnung richtete sie sich ein kaltes Abendessen.

Gedanklich war sie bei dem sonderbaren Paar. Das pummelige Mauerblümchen, das sich kaum getraute die Mutter einen Abend alleinzulassen, hatte tatsächlich einen Liebhaber gefunden. Dazu noch einen verheirateten Mann. Eine Tatsache, die eine ganze Reihe Umstände bezüglich der Verschwiegenheit nachzog.

Was war das für ein Mann. Der musste ja förmlich ausgehungert sein. Oder er nutzte Liliane aus. Einem unbestimmten Gefühl folgend, glaubte Gundela das aber nicht. Sie traute ihrer Freundin trotz deren Unerfahrenheit zu, dass diese nicht auf oberflächliche Schmeicheleien hereinfiel. Dazu war sie einfach zu vorsichtig und selbstkritisch. Denn, egal, was sie ihrer Freundin erzählte, Liliane konnte Realität und Träumerei genau trennen, da war sich Gundela sicher.

Die beiden würden ihre Wohnung also weiter benutzen. Nun Liliane hatte ihr Geld da gelassen. Selbst nach Abzug der Kosten für Chips und Wein, sie hatten nur von dem Weisswein getrunken, war es noch ein ansehnlicher Betrag. Davon konnte man sich noch problemlos ein oder gar zwei Essen im Restaurant oder ein paar neue T-Shirts leisten.

So wie sie Liliane einschätzte, würde das nächste Mal wieder eine Note auf dem Salontisch liegen. Auch hier war Liliane Realistin genug, zu wissen, was sie ihrer Freundin schuldig war, ohne dass diese etwas fordern musste.

Dass das Geld direkt von Liliane kam, stand für Gundela ebenfalls fest. Ihre Freundin hätte nie Geld von Adrian genommen, egal wie er den Verwendungszweck umschrieben hätte.

Wenn sich die beiden also regelmässig bei ihr trafen, würde das einen rechten Zuschuss zur Miete geben. Damit wären Gundelas Engpässe beseitigt.

Eigentlich war es ungerecht, dass Liliane die Situation organisatorisch wie finanziell allein bewältigte. Adrian sollte nach Gundelas Meinung auch dazu beitragen, statt sich nur bequem ins gemachte Nest zu setzen.

Der Gedanke, der ihr schon einmal gekommen war, nahm wieder Gestalt an. Wie war er jedoch durchzuführen?

Sie musste Adrian kontaktieren, ohne dass Liliane etwas merkte. Was, wenn er es ihr erzählte? Damit würde Gundela das Glück ihrer Freundin zerstören.

Andererseits, wenn er seine Geliebte wirklich kannte und es ihm mit ihr ernst war, würde er es sich zweimal überlegen, das alles aufzugeben.

Gundela musste nur den goldenen Mittelweg finden. Der geforderte Betrag durfte nicht zu hoch, musste aber für sie selbst attraktiv sein.

Gundela hatte nämlich auch einen Traum. Sie wollte nach Neuseeland auswandern. Doch dazu brauchte sie ein gewisses finanzielles Polster. Ursprünglich hatte sie dafür die Erbschaft aufstocken und verwenden wollen. Leider war es ins Gegenteil umgeschlagen. Aber mit Adrians Geld liess es sich ausgleichen. Das Ziel kam wieder in Sicht.

Nun sie würde noch einige Zeit brauchen, um es zu erreichen. Da konnte sie auch noch das nächste Treffen der beiden abwarten. Sie hatte dann auch ein grösseres Druckmittel. Und einen Plan.

Adrian konnte sein Essen in Ruhe geniessen. Er hatte sich Eier gebraten, denn er war wirklich hungrig gewesen. Seine Aktivitäten wurden von Hilde ignoriert.

Lediglich einmal schnauzte sie Richtung Küche, dass er den Dampfabzug einstellen solle.

Sonst unterhielt sie sich mit der Katze oder war in den Film vertieft.

Adrian durchlebte den Abend mit Liliane nochmals. Es war perfekt gewesen. Liliane hatte sich ihm ganz hingegeben. Soviel Gefühl war ihm selten entgegengebracht worden.

Nicht einmal früher von Hilde. Diese war immer etwas dominant gewesen. Auch in ihrer verliebten Zeit hatte sie bestimmt, wie es lief.

Liliane dagegen ging ganz auf ihn ein. Sie überliess es ihm, ihre Wünsche zu erkennen. Und er hatte sie erfüllt, da war er sich sicher. Wieder staunte er über ihre seelische Harmonie, das gleiche Empfinden das in ein wortloses Verstehen mündete.

Er war verliebt in Liliane!

Diese Erkenntnis verblüffte ihn. Zugleich freute er sich aufs nächste Zusammensein. Schade, dass es nicht früher stattfand. Aber sie waren ja beide nicht frei. Ein Glück, dass sie diese Wohnung hatten. Es war persönlicher, als ein Hotelzimmer und auch ungefährlicher. Man begegnete Bekannten doch immer in den unpassendsten Augenblicken. Diese Gefahr bestand hier wenigstens nicht.

Adrian war müde. Satt von Sex und Essen. Mit einem kurzen, unbeantworteten Gutenachtgruss zog er sich ins Schlafzimmer zurück. Er schlief schon tief, als sich Hilde und Miezi neben ihn legten.

Beim zweiten Mal parkte Adrian auf dem Besucherparkplatz des Hauses. Liliane hatte es geschafft, ihm den Schlüssel unauffällig mit einem internen Postumschlag zu übergeben. Deshalb war Adrian heute zuerst da.

Er ging im Wohnzimmer umher und betrachtete die Fotos. Das letzte Mal war er so auf Liliane konzentriert gewesen, dass er die Einrichtung nur flüchtig wahrgenommen hatte. Die meisten Bilder zeigten Gundela in verschiedenem Alter. Dazu noch ein Ehepaar, vermutlich ihre Eltern. Von Liliane gab es kein einziges Bild.

Nicht einmal zusammen mit ihrer Freundin. Aber es gab auch keine anderen Personen, vor allem keine Männer. Dabei war Gundela hübsch, jedenfalls hübscher als ihre Freundin. Die junge Frau war modischer gekleidet und wirkte sehr offen.

Da sie mit Liliane zur Schule gegangen war, musste sie gleich alt sein. Also eigentlich auch schon Beziehungen gehabt haben. Nun, von Verflossenen stellte man normalerweise keine Fotos auf. Scheinbar gab es kein aktuelles Verhältnis, weshalb wohl auch die Wohnung frei stand.

Liliane öffnete mit ihrem Schlüssel und kam etwas atemlos herein. Sie fielen sich in die Arme und kamen schnell zur Sache.

Danach holten sie den Wein und setzten sich aufs Sofa. Sie besprachen zärtlich das nächste Treffen und unterhielten sich noch über Gott und die Welt, sowie das Büro und die Kollegen. Lediglich Frau Nachbauer und Hilde wurden streng gemieden. Hier war ihre heile Welt, die Schatten wurden ausgesperrt.

Kurz vor acht Uhr drängte Liliane Adrian zum Aufbruch. Sie wollte noch die Wohnung aufräumen und vor Gundela weg sein. Ausserdem sollte Adrian nicht sehen, dass sie Gundela Geld hinlegte. Bei seiner Empfindsamkeit konnte es das Ende ihrer Beziehung sein oder sie zumindest überschatten. Zu tief sass noch der Schreck über seine Reaktion auf dem Parkplatz in ihr. Sie hatten eine Liebesbeziehung kein billiges Verhältnis, das hatte er deutlich zu verstehen gegeben.

Gundela rief am anderen Tag bei Adrian im Büro an. Sie meldete sich mit dem Namen des Reisebüros, denn es sollte für Aussenstehende aussehen, als ob es um etwas Geschäftliches ginge, was im Prinzip sogar stimmte. Nur dass es sich um eine private Angelegenheit handelte. Er brauchte einen Moment, bis er begriff, mit wem er sprach.

«Bitte lassen Sie Liliane nicht merken, wer ich bin», sagte Gundela auch schon.

«Ich muss Sie unbedingt sprechen, es gibt da ein Problem mit der Wohnung.»

«Aha», entgegnete Adrian verblüfft.

«Können Sie mich heute Abend ab halb neun zu Hause anrufen?», bat Gundela.

«Und bitte, kein Wort zu Liliane. Ich möchte sie auf keinen Fall unnötig beunruhigen. Sie ist ja so glücklich über die momentane Lösung.»

«Gut mache ich», versprach Adrian, dann war das Gespräch beendet.

Adrian sass einen Augenblick wie erschlagen am Schreibtisch. Aber er sollte sich nichts anmerken lassen. Schnell stand er auf und ging auf die Herrentoilette. Dort lehnte er sich an die Wand. Was zum Teufel war passiert. Hatte jemand etwas beobachtet. Es liess sich doch so gut an.

Gestern waren die Hemmungen weg gewesen. Sie konnten sich beide öffnen und ihr Zusammensein geniessen.

Dominik Schuhmacher, sein Kollege, betrat den Raum. Obwohl Adrian sich sofort von der Wand löste, schaute jener kritisch zu ihm hin.

«Ist dir nicht gut?», kam auch schon die Frage.

«Du bist ganz blass.»

«Ich glaube ich habe gestern etwas Schlechtes gegessen», antwortete Adrian.

«Vorhin war mir richtig übel, aber jetzt geht es schon wieder.»

Hoffentlich sagte der Kollege nichts im Büro, dachte Adrian und verliess den Waschraum.

Den ganzen Tag verfolgte ihn dieses Gespräch. Er konnte sich schlecht auf die Arbeit konzentrieren.

Am Abend war ausser Adrian nur noch Schuhmacher im Büro.

«Willst du nicht auch Schluss machen, wo es dir doch nicht so gut geht?», fragte dieser, als er selbst Anstalten machte nach Hause zu gehen.

«Ich muss das noch unbedingt fertig machen», murmelte Adrian.

«Ich fühle mich auch besser. Das war nur so ein Moment heute Morgen.»

Sein Kollege schaute ihn skeptisch an. Adrian war heute ungewöhnlich still gewesen. Na, er musste selbst wissen, was er sich zumuten konnte.

Um halb neun räumte auch Adrian seinen Schreibtisch auf. Im Auto griff er zum Handy. Gundelas Nummer hatte er schon im Büro nachgeschaut.

Sie nahm sofort ab.

«Danke für den Rückruf», sagte sie nach der Begrüssung.

«Es ist mir fast ein bisschen peinlich», fuhr sie zögernd fort.

«Aber ich fürchte mit der Wohnung gibt es ein Problem. Die Miete ist einfach zu teuer für mich. Eigentlich wollte ich schon kündigen, als mich Liliane bat, sie benutzen zu dürfen. Ich verstehe, dass sie beide sehr diskret vorgehen müssen und ich gönne ihr das Glück, das sie mit Ihnen hat, von Herzen. Nur, wie gesagt, finanziell kann ich die Wohnung nicht länger halten. Nicht allein», setzte sie noch hinzu.

Adrian verstand, worauf es hinauslief. Gleichzeitig war er erleichtert, dass es nichts Ernsteres war. Er hatte sich wirklich Sorgen um Lilianes Ruf gemacht.

«Wieviel bräuchten Sie denn?», kam er Gundela entgegen.

«Mit fünfhundert käme ich klar», schlug sie vor.

«Monatlich?», erkundigte Adrian sich vorsichtig.

«Ja, das wäre schön», bestätigte sie.

Adrian hatte sich ebenfalls über die teure Wohnung gewundert, vor allem als er erfuhr, wo Gundela arbeitete. Nun Liliane und er würden sich zweimal pro Monat dort treffen. Das wiegte ungefähr die Hotelkosten auf, war aber diskreter.

«Könnten wir die Wohnung auch öfter benützen?», tastete er sich weiter vor.

«Natürlich, es geht nur um die Miete», bestätigte Gundela sofort.

«Bitte sagen Sie Liliane nichts davon, sie würde das nicht gutheissen», bat sie noch.

Davon war Adrian überzeugt. Liliane würde die Treffen augenblicklich stoppen, wenn sie erfuhr, dass ihre Freundin Geld dafür nahm.

Nachdem sie den Zahlungsmodus geregelt hatten, beendeten sie das Gespräch.

Adrian blieb weiter auf dem Parkplatz und überlegte wie er die Angelegenheit am Besten anpackte.

Keinesfalls durfte die Überweisung von seinem Konto aus erfolgen. Das erste Mal würde er eine simple Bareinzahlung auf der Post machen, wie früher, bevor es Banking im Internet gegeben hatte. Aber für die Zukunft brauchte er eine modernere Möglichkeit.

Hilde fuhr es ihm plötzlich siedend heiss durch den Kopf. Sie kontrollierte immer die Kontoauszüge der Bank. Sie würde es bemerken, wenn er auf einmal unvermittelt mehr Geld abhob. Das erste Mal konnte er eine grössere Summe noch begründen, aber jeden Monat würde es auffallen. Der Betrag war nicht riesig, aber auch nicht klein genug, dass er versteckt werden konnte.

Ach, Liliane, dachte er sehnsüchtig. Was mache ich nur? Er erinnerte sich, wie sie vor ihm gestanden hatte, mit dem Papier in der Hand, dem Anlass zu ihrem ersten Zusammensein.

Das Papier! Natürlich das war die Lösung. Er brauchte nur ein Konto bei der Post zu eröffnen.

Der Betrag war so klein, dass konnte mit ein, zwei Überweisungen erledigt werden. In einer so grossen Firma ging das unter. Gleich morgen würde er alles in die Wege leiten.

Freudig liess er den Motor an und fuhr nach Hause.

Elf Monate lang ging alles gut. Adrian und Liliane trafen sich bei Gundela. Diese profitierte zweimal, indem ihr sowohl Liliane wie Adrian Geld zukommen liessen.

Die Geliebte, indem sie Bargeld daliess, was Adrian nie sah, weil er immer vor ihr die Wohnung verliess.

Er zweigte in der Firma geschickt kleine Beträge mit fingierten Rechnungen ab und liess diese auf sein neues

Konto einzahlen, von dem Ende Monat automatisch jeweils fünfhundert Franken an Gundelas Konto überwiesen wurden. Dabei achtete er darauf, nur Rechnungen von den anderen beiden Sachbearbeiterinnen als Grundlage zu benutzen. Meistens reichten zwei Rechnungen, denn er wollte nur die Ausgaben gedeckt haben.

Im ersten Monat hatte er mit einer Bareinzahlung überbrücken müssen und war am Monatsende prompt von Hilde zur Rede gestellt worden, weil er sein Taschengeld überschritten hatte. Nachdem er ihr wütend das Geld vor die Füsse geworfen hatte, herrschte wieder Ruhe.

Das Ehepaar lebte noch zusammen, aber zu sagen hatten sie sich nichts mehr. Hilde liess ihn über Miezi wissen, was sie ihm mitteilen wollte. Er holte sich bei Liliane, was er brauchte und das war bei weitem nicht nur Sex.

Es gab Monate, in denen sie sich dreimal treffen konnten, obwohl Hilde etwas misstrauisch geworden war, weil Adrian seine Lebensgewohnheiten geändert hatte. So duschte er jetzt zum Beispiel regelmässig bevor er sich zum Abendessen hinsetzte. Aber einen echten Verdacht hatte sie nicht.

Lilianes Mutter dachte, dass ihre Tochter mit deren Freundin etwas unternahm. Einmal hatte Frau Nachbauer Gundela an einem Samstag getroffen und diese hatte freimütig die Treffen bestätigt. Da Liliane ausgeglichener wurde, war es der Mutter recht. Besser, als dass sie einen Mann traf und heiratete.

Aus irgendeinem Grund sprach das Paar aber nie über Scheidung und Heirat. Liliane musste, wegen der Folgen von Adrians Kinderkrankheit keine Schwangerschaft befürchten und solange ihre Mutter lebte, wollte sie die Situation nicht ändern.

Natürlich steckte der Teufel im Detail und der Zufall half nach.

Dominik Schuhmacher suchte nach einem Betrag auf dem Bankkonto der Firma und entdeckte zwei gleiche Beträge aber verschiedene Empfänger. Es wäre ihm nicht aufgefallen, aber zufällig waren diese auf dem Monatsauszug direkt untereinander aufgelistet. Es handelte sich um zweihundertdreiundachtzig Franken fünfundsechzig. Dass gleich zwei Firmen einen solch ungeraden Betrag in Rechnung stellten, war etwas ungewöhnlich.

Der eine Lieferant war selbst ihm als Debitorenbuchhalter geläufig, den anderen kannte er nicht. Das musste aber nichts heissen, denn es gab öfters kleinere Betriebe, die etwas Spezielles anlieferten.

Trotzdem mutmasste er, dass es ein Versehen sein konnte. Vielleicht hatte sich die Sachbearbeiterin beim Betrag vertippt. Er rief das ihm bekannte Lieferantenkonto auf und sah nach, wer die Zahlung eingegeben hatte. Da es einfach nur Neugier war, wartete er bis nach Feierabend bis er den entsprechenden Ordner holte und kontrollierte. Der Betrag stimmte. Er suchte nun nach dem anderen Lieferanten und fand ihn etwas weiter hinten. Auch hier alles in Ordnung. Dominik wollte den Ordner schon zurückstellen, als sein Blick auf die Details der Rechnung fiel. Es waren dieselben Positionen aufgelistet wie bei der anderen Rechnung. Nun wurde er stutzig. Es war eine Kopie mit anderem Empfänger. Der hatte nur ein Postkonto und einen Namen, den Dominik noch nie gehört hatte.

Wieder am Computer suchte er nach dem Erfasser. Halbwegs erwartete er, dass es dieselbe Dame sei, aber es war Adrian. Das war nicht so ungewöhnlich, auch Adrian bewegte sich als Hauptbuchhalter in den Kreditoren und Debitoren. Trotzdem wurde Dominik misstrauisch. Er durchforstete andere Monate und fand in jedem solche doppelten Beträge. In den entsprechenden Ordnern, waren die abgehefteten Belege, die er allesamt als Kopien erkannte. Die ursprünglichen Lieferanten waren verschieden, aber der Empfänger auf der Kopie immer gleich.

Wer war diese Firma und wieso liess Adrian ihr Geld zukommen?

Da Dominik es heute Abend nicht mehr lösen konnte, beschloss er nach Hause zu gehen.

Am anderen Morgen fragte er beim Kaffeeautomaten, ohne dass Adrian es mitbekam, ob auch bei dieser Firma Waren bestellt würden. Beide Sachbearbeiterinnen behaupteten, sie nicht zu kennen.

Für Dominik ergab sich daraus, dass die Kopien erst nach dem Monatsabschluss in den Ordnern abgelegt worden waren, sonst wären sie sicher aufgefallen. Hier wurde offensichtlich betrogen.

Er musste mit seinem Vorgesetzten sprechen, wollte aber mit konkreten Zahlen aufwarten können. Also machte er weitere Überstunden und trug alles Relevante zusammen. Es war kein riesiger Betrag und Dominik konnte sich keinen Reim darauf machen, wieso Adrian dieses Risiko, für so wenig Geld auf sich genommen hatte.

Er war sogar versucht, Adrian zur Rede zu stellen und ihm Gelegenheit zu geben, das Geld zurückzahlen zu können. Andererseits waren sie gute Kollegen, aber keine dicken Freunde. Sollte doch die Firma entscheiden. Vielleicht würde ja für ihn, Dominik, der Posten des Hauptbuchhalters dabei herausspringen.

Er rief beim Chef an und bat um einen Gesprächstermin.

Teil 2

Am Tag nach dem 1. Katzenmord

Adrian verliess die Wohnung am nächsten Morgen zur gewohnten Zeit. Er fuhr mit seinem Wagen zu dem Parkplatz am See, auf dem er seinerzeit mit Liliane gewesen war.

Der gestrige Schock sass noch tief. Seit ein paar Tagen, hatte er das Gefühl gehabt, dass ihn Dominik anders behandelte. Adrian fühlte sich beobachtet. Er hatte eine Ahnung von Bedrohung, aber er konnte es nicht konkret benennen.

Gestern war er dann aus heiterem Himmel zum Chef gerufen worden. Dieser hatte ihn mit den Unterschlagungen konfrontiert.

Adrian war überrascht gewesen, wie detailliert die Aufstellung gewesen war und es konnte nur Dominik gewesen sein, der sie gemacht hatte. Natürlich, der spekulierte auf die freiwerdende Stelle. Adrian hätte nur zu gerne gewusst, wie sein Kollege dahintergekommen war.

Es war zwecklos zu leugnen. Er gab auch zu, dass die ‹Firma› des Empfängerkontos nicht existierte und dass er das Geld für sich genommen hatte. Den Namen hatte er lediglich erfunden, damit es nicht auffiel.

Über den Verwendungszweck schwieg er. Ob er es zurückerstatten könne, fragte er. Das wurde ihm gestattet.

Ob er angezeigt werde, war die nächste Sorge. In Anbetracht der geringen Summe wollte der Chef darauf verzichten. Der Imageverlust wäre für die Firma zu gross gewesen, aber Adrian wurde fristlos gekündigt.

Damit, dass er gehen musste, hatte er halbwegs gerechnet. Niemand behielt einen betrügerischen Buchhalter. Nur hatte er gehofft, die Kündigungsfrist nutzen zu können, um etwas Neues zu suchen.

Mit einer fristlosen Entlassung war das aussichtslos, denn jedem neuen Arbeitgeber musste klar sein, dass man in ihn kein Vertrauen haben sollte.

Gestern hatte er sich nicht getraut, Hilde die Wahrheit zu sagen. Mit Liliane konnte er sich auch nicht besprechen, denn sie trafen sich erst Anfang nächster Woche wieder. Was musste sie denken, wenn sie von dem Rausschmiss erfuhr. Wie würde der kommuniziert werden? Ob sie die Wahrheit ahnte?

Diesen Monat würde Gundela kein Geld bekommen. Er musste ihr irgendwie verständlich machen, dass er nichts mehr zur Wohnung beitragen konnte. Schlimmstenfalls müsste er sich mit Liliane woanders treffen.

Dann war da noch die eigene Wohnung. Wovon sollten die Rechnungen des Haushaltes in nächster Zeit bezahlt werden.

Er und Hilde hatten ein gemeinsames Sparkonto. Da hatte sich etwas angehäuft. Früher hatten sie mal eine grosse Reise nach Australien im Sinn gehabt. Drei Monate wollten sie fortbleiben. Dazu hatten sie regelmässig auf das Sparkonto überwiesen und den Auftrag nie storniert, obwohl es seit langem, zumindest für ihn, feststand, dass sie die Reise nie antreten würden.

Davon konnten sie zwei, vielleicht drei Monate zehren.

Bis dahin musste er etwas Neues haben. Es musste ja nicht Buchhalter sein.

Adrian hätte gerne einen Kaffee getrunken, aber er musste jetzt sparen. Er stieg aus und spazierte eine Stunde am See entlang. Danach war er von der ungewohnten Bewegung und der frischen Luft müde. Er setzte sich ins Auto und machte ein Nickerchen.

Als er erwachte, hatte er Hunger und Durst. Warum hatte er heute Morgen nicht heimlich ein Brot mitgenommen. Schlimmer war der Durst. Plötzlich erinnerte er sich, dass er mal beim Tanken eine Flasche Mineralwasser gekauft und dann, nachdem er ein paar Schlucke getrunken hatte, in den Kofferraum geworfen hatte. Schnell sah er nach. Tatsächlich da lag sie.

Blieb nur noch der Hunger. Vielleicht konnte er in die Wohnung, wenn Hilde einkaufen ging.

Er fuhr ins Dorf zurück, parkte in der Tiefgarage und verliess diese zur Strasse hin. Gerade als er um die Ecke bog, sah er Hilde mit vollen Taschen vor dem Hauseingang. Zu spät.

Schnell drehte er sich um und spazierte seinerseits ins Dorfzentrum.

Adrian war kein Vereinsmensch. Auch die Restaurants suchte er selten auf. Lediglich im Café hatte er gelegentlich etwas getrunken. Er rechnete nicht damit, gross erkannt zu werden. Trotzdem wandte er sich entfernteren Quartieren zu. Er spazierte durch die Strassen und fand schliesslich am Bach wieder eine Bank. Würde er eben hier die Zeit totschlagen.

Es war still hier. Gelegentlich kam ein Radfahrer vorbei, sonst war er allein.

In der Nähe gab es Einfamilienhäuser mit umfriedeten Gärten und um die Ecke schlenderte langsam eine Katze.

Frau Müller rief schon zum vierten Mal nach ihrem Maudi. Es war am späteren Nachmittag und sie hatte den Kater seit dem Vormittag, als sie ihn herausgelassen hatte, nicht mehr gesehen. Nun, es war nicht die Zeit, in der dieser auf Brautschau ging und manchmal eine Nacht wegblieb. Doch wo war er bloss.

Schliesslich verliess sie den eigenen Garten und ging die Strasse entlang zum Bach. Das schräge Ufer war grasbewachsen und vielleicht gab es da auch Mäuse. Jedenfalls streunte er gerne dort herum. Sie rief ihn wieder, ohne Erfolg.

Sie entfernte sich bachaufwärts, weg von der Siedlung. Eigentlich glaubte sie nicht, dass ihr Maudi so weit gegangen war. Sie kam zu einer Bank und setzte sich. Sie war den Tränen nahe. Sie liebte ihren Maudi sehr. Er war doch nicht ertrunken.

Sie drehte sich um. Der Bach floss ruhig dahin. Der war heute keine Gefahr, wie nach einem Gewitter, wenn er schlagartig anschwoll und eine gefährliche Strömung entwickelte. Sie wandte sich wieder dem Weg zu und bei dieser Bewegung sah sie aus dem Augenwinkel etwas neben dem Gebüsch.

Zögernd stand sie auf. Maudi lag reglos im hohen Gras.

«Maudi, was ist denn mit dir», sprach sie ihn an, aber er reagierte immer noch nicht. Sie ging zu ihm und hob ihn auf, um ihn gleich wieder fallenzulassen. Ihr Kater war tot.

Ungefähr zur selben Zeit spazierte Herr Keller mit seinem Hund vom Dorf am Bach entlang in Richtung See. Auf dem Feld auf der anderen Seite des Weges pflügte Bauer Senn seinen Acker um.

Kellers Hund sprang munter umher, bis er in die Nähe einer Bank kam. Plötzlich nahm er Witterung auf und verschwand am Uferabhang im Gebüsch. Alles Rufen nützte nichts.

Herr Keller bekam Angst. Wenn hier auch noch kein ausgewiesenes Naturschutzgebiet, wie am Rande des Sees, war, konnte es sein, dass Vögel nisteten und die Ranger sahen es gar nicht gerne, wenn diese gestört wurden.

Da tauchte der Hund jedoch wieder auf. Zum Schreck seines Herrn zog er etwas hinter sich her. Nach genauerem Hinschauen erkannte Herr Keller eine Katze. Sie war eindeutig tot, aber sicher nicht von seinem Hund gebissen, der hatte sie nur gefunden.

Herr Keller schaute sich um. Der Bauer wendete gerade auf dem Weg, um eine weitere Furche zu ziehen. Keller winkte ihm. Der Bauer hielt an.

«Was gibt es denn?»

«Hier liegt eine tote Katze. Ist das Ihre?»

Der Bauer stellte den Motor ab und kam näher.

«Tatsächlich, das ist unsere», bestätigte er.

Mit dem Fuss stiess er den Kadaver an. Dann bückte er sich und griff in ihr Fell.

«Ist schon kalt, die lebt schon länger nicht mehr», murmelte er.

Langsam drehte er sie um. Äusserlich sah man keine Verletzung. Der Bauer zuckte die Achseln, hob die Katze auf und trug sie zum Traktor.

Er wollte dem Spaziergänger auch nicht zeigen, dass er eine Träne in den Augen hatte. Natürlich gab es ausser den Kühen noch andere Tiere auf dem Hof, weshalb er nicht so sehr an der Katze gehangen hatte, aber manchmal war er stehengeblieben und hatte ihr weiches Fell gestreichelt, wenn sie sich irgendwo sonnte. Auch seine Frau würde traurig sein. Sie hatte sie schon gestern Abend vermisst.

Miezi stand bei der Wohnungstür, als Adrian, etwas früher als sonst, heimkam. Hilde befand sich in der Küche und richtete das Abendbrot. Kaum hatte er die Tür geöffnet, drängte sich die Katze an ihm vorbei und schaute ins Treppenhaus.

Da gab es interessante Gerüche. Zum Beispiel vom Hund, der eine Etage höher wohnte. Oder der Kleine von gegenüber hatte sicher wieder etwas Essbares verloren. Der verstreute immer Krümel von seiner Zwischenmahlzeit. Meistens waren das Kekse oder ein Stück Kuchen und obwohl die Katze ein fleischfressendes Tier ist, war Miezi einer Süssigkeit nicht abgeneigt.

«Pass auf, dass die Katze nicht raus kann, sonst müssen wir sie im Treppenhaus wieder einfangen», rief Hilde ärgerlich und schüttelte erbost den Kopf.

Miezis Neugier, war das einzige Laster, das ihrer Herrin missfiel. Hilde hatte nämlich Angst, dass ihr Liebling die Gelegenheit, nachdem sie es geschafft hatte, aus der Wohnung zu entkommen, nutzen und durch die meist offenstehende Haustür entwischen könnte. Sie war kein Tier, das draussen zu recht käme, sie hatte ihr ganzes Leben als echte Hauskatze drinnen verbracht.

Miezi durch Adrians vorgestrecktes Bein zurückgedrängt, drehte sich enttäuscht um und stolzierte beleidigt ins Wohnzimmer. Dort nahm sie den Fernsehsessel in Beschlag und rollte sich demonstrativ zusammen. Menschen! Als, ob mir etwas passieren könnte!

«Du bist früh dran», murrte Hilde, immer noch verärgert.

«War nicht viel los heute», brummte Adrian zurück und wandte sich dem Badezimmer zu. Jetzt war er froh, dass er sich angewöhnt hatte, nach dem Heimkommen zu duschen. So konnte er seiner Frau ausweichen.

Unter dem Wasserstrahl überdachte er seinen Tag. Morgen musste er etwas zu essen mitnehmen. Das dürfte nicht so schwierig sein. Hilde stand immer erst auf, nachdem er die Wohnung verlassen hatte.

Anders war es mit dem Trinken. Das musste er kaufen. Eigentlich hätte er gerne zwischendurch einen Kaffee getrunken, aber dazu brauchte er eine Thermoskanne. Das war zu gefährlich. Hilde konnte mal unverhofft in die Küche platzen und seine Vorbereitungen sehen. Wieso er eine Kanne Kaffee mitnahm, da es doch einen Automaten gab, würde er nur schwerlich erklären können. Zumal er keine Ahnung hatte, ob in Hildes Haushalt eine Thermoskanne überhaupt existierte und wenn ja, wo sie zu suchen war.

Ja wenn er eine Wohnung hätte. Gundela.

Natürlich, das war doch die Lösung. Er hatte einen Schlüssel und sie war den ganzen Tag abwesend. Dort konnte er so viel Kaffee machen, wie er wollte. Er konnte lesen, Fernsehen. Schliesslich hatte er genug an die Miete gezahlt, dass er sie jetzt auch benutzen konnte.

Ausser an ihrem freien Tag. Er wusste nicht, wann der war. Aber das liesse sich einfach herausfinden. Er konnte anrufen und einfach auflegen, wenn sie abnahm. So musste er nur die Zeit, bis sie zur Arbeit ging, überbrücken, das war ein Kinderspiel.

Am anderen Morgen, fuhr er zu demselben Parkplatz wie gestern. Von dort konnte er mit einem kleinen Fussmarsch Gundelas Wohnung erreichen. Er hatte ein paar Brote und eine Flasche Leitungswasser vorbereitet, so dass es bis zum Abend reichte. Um halb zehn rief er an. Niemand nahm ab. Gut, die Luft war rein.

Er spazierte zum Haus und schlüpfte ungesehen hinein.

In der Wohnung fiel ihm als erstes das blinkende Telefon auf. Offensichtlich war sein Anruf registriert worden. Er löschte ihn.

Dann machte er es sich bequem. Die gestrige Zeitung lag auf dem Salontisch. Es war überhaupt nicht so aufgeräumt wie sonst. Es war nicht gerade unordentlich, aber man sah, dass hier jemand wohnte. Verständlich, Gundela hatte ihn ja nicht wie üblich erwartet.

Er blätterte die Zeitung durch und las einige Artikel.

Um die Mittagszeit ass er die Brote. In der Küche stellte er die Kaffeemaschine an. Selbstverständlich würde er den verbrauchten Kaffee ersetzen müssen. Dabei war sein Beweggrund nicht, dass er Gundela schädigte. Sie sollte nur nicht merken, dass er ihre Wohnung benutzte.

So gestärkt, legte er sich aufs Sofa und stellte mit der Fernbedienung das Radio an. Dabei entdeckte er eine

CD im Apparat. Er schaltete um. Leise Musik ertönte. Er schloss die Augen und dämmerte entspannt in seinen Mittagsschlaf hinüber.

Nach einer Stunde wachte er auf. Die CD war zu Ende. Er ging nochmals in die Küche und holte sich einen weiteren Kaffee. Dann suchte er sich im Fernsehen eine Tiersendung aus. Zu spät entdeckte er, dass er nicht darauf geachtet hatte, welchen Sender Gundela zuletzt gewählt hatte. Er würde einfach auf einen der häufigsten umschalten, bevor er ging.

Um vier Uhr begann er aufzuräumen. Er spülte die Tasse, entleerte an der Maschine die Schale für den Kaffeesatz und kontrollierte die Küche mit einem Blick. Sicherheitshalber ging er noch zum WC, aber dort konnte er auch keine Spuren entdecken. Beim Fernseher schaltete er den Schweizer Hauptsender ein und hoffte, dass Gundela dort jeweils die Nachrichten schaute. Dabei übersah er, dass diese zu der Hauptnachrichtenzeit ja noch gar nicht zu Hause war.

Einen Kontrollblick über den Salontisch. Doch die Zeitung lag ungefähr so da, wie heute Morgen. Er würde sich in Zukunft auch noch ein Buch mitbringen.

Die noch daliegende Alufolie der Brote und die leere Flasche nahm er sicherheitshalber mit. Die würde er auf dem Weg zum Auto entsorgen.

Beruhigt verliess er die Wohnung. Das war ein angenehmer Tag gewesen. So liess es sich leben.

Gundela betrat müde ihre Wohnung. Heute war ein hektischer Tag gewesen, da zwei Leute abwesend waren. Natürlich kamen dann ausgerechnet noch die Kunden mit den komplizierteren Wünschen. Eigentlich liebte es Gundela, Recherchen zu tätigen. Aber man musste die Zeit dazu haben.

Sie schaltete die Kaffeemaschine ein. Diese spülte automatisch, bevor man sie benutzen konnte. Prompt erschien danach die Anzeige ‹Wasser füllen›. Gundela runzelte die Stirn. Komisch sie hatte erst gestern Abend den Behälter gefüllt. So manchen Kaffee hatte sie seither doch gar nicht getrunken. Nun wenn sie schon Service machte, konnte sie auch gleich die Schale mit dem Abwasser und dem Kaffeesatz reinigen. Da war alles leer. Hatte sie das heute Morgen gemacht? Gundela schüttelte den Kopf. Sie konnte sich nicht erinnern. Wurde sie schon so alt, dass sie vergass, was sie vor ein paar Stunden gemacht hatte? Nun jedenfalls war die Maschine jetzt bereit für den ersehnten Trank. Gundela schnitt sich zwei Scheiben Brot ab, nahm eine Wurst und eine Tomate aus dem Kühlschrank und setzte sich an den Salontisch. Heute war sie zu erschöpft für ein warmes Essen. Sie wollte nur bei einem schönen Film etwas entspannen.

Mit der Fernbedienung erweckte sie den Fernseher zum Leben. Es lief gerade ein Interview mit einem Sportler. Gundela zappte weiter. Nach einiger Zeit fand sie etwas zu ihrer Stimmung passendes. Sie lehnte sich zurück und begann zu essen.

Hatte der Sportler eben schweizerdeutsch gesprochen? Gundela hatte weder auf die Kanalnummer noch auf das Sendersignet geachtet. Im Nachhinein hatte sie jedoch das Gefühl auf einem Schweizer Sender gewesen zu sein. Sie sah selten die einheimischen Sender, weder den offiziellen noch die Regionalen. Nur wenn etwas passiert war oder sie sonst eine schweizerische Information brauchte, schaltete sie diese ein. Mit Nachrichten versorgte sie sich aus der Zeitung oder dem Gratisblatt, das in den Ortsbussen auflag. Zu Hause sah sie sich vor allem Filme und Unterhaltungssendungen an.

Auf keinen Fall war sie gestern auf einem Schweizer Sender gelandet. Nicht mal aus Versehen, da war sie ganz sicher.

Plötzlich war Gundela hell wach. Zuerst der Kaffeeautomat, dann der Fernseher. War jemand in ihrer Wohnung gewesen. Ausser Liliane hatte niemand einen Schlüssel. Diese hätte jedoch mit Sicherheit einen Zettel dagelassen. Vorsichtshalber ging Gundela nochmals durch die Wohnung. Kein Zettel. Da sie schon dabei war, kontrollierte sie die Fächer und Schubladen, in denen sie etwas Wertvolles, wie ein paar Euroscheine und Schmuck aufbewahrte. Alles da.

Liliane hatte gerade die Küche fertig gemacht, als Gundela anrief. Es kam so selten vor, dass Liliane sofort vermutete, es könne etwas passiert sein. Seit Adrian so unvermittelt vom Arbeitsplatz verschwunden war, fühlte sie sich sehr unsicher.

«Warst du heute in meiner Wohnung?», fragte Gundela direkt.

Liliane erschrak. Sie hatte vergessen, ihrer Freundin von dem nachgemachten Schlüssel zu erzählen. Es war ihr aber auch schlagartig klar, dass Adrian dort gewesen sein musste.

Auf keinen Fall wollte sie ihn verraten, bevor sie mit ihm gesprochen hatte. Er hatte jedoch keinen Kontakt zu ihr aufgenommen und sie getraute sich nicht, ihn zu Hause anzurufen, denn paradoxerweise kannte sie seine Handynummer nicht. Es hatte sich nie die Notwendigkeit ergeben, sich telefonisch zu verständigen.

«Nein», antwortete sie wahrheitsgemäss.

«Warum?»

Gundela erklärte die aufgetretenen Phänomene.

Das klang sehr nach Adrian. Liliane traute ihm sofort zu, diese Unordnung angerichtet zu haben. Denn irgendwo musste er ja während des Tages hin, jedenfalls wenn er Hilde die Wahrheit verschwiegen hatte, was Liliane überhaupt nicht wundern würde.

«Ist etwas weggekommen?», versuchte sie Zeit zu gewinnen.

«Nein, das ist es ja. Alles ist da und auch nicht durchwühlt oder so.»

Gundela war gegen ihre Gewohnheit den Tränen nahe.

«Ich fühle mich einfach nicht wohl, weisst du», setzte sie hinzu.

«Kann ich gut verstehen», versuchte Liliane zu trösten.

«Ich würde mir jedoch keine Sorgen machen. Vielleicht bildest du dir ja alles nur ein. Es wäre etwas anderes, wenn es ein Einbruch gewesen wäre. Aber so! Versuch dich abzulenken, schau einen Film und morgen sieht es wieder anders aus.»

«Morgen habe ich frei», sagte Gundela automatisch.

«Ich glaube, dann putze ich die Wohnung, nur um das Gefühl loszuwerden.»

Dabei musste sie selbst etwas lächeln. Sie fühlte sich getröstet und schalt sich dafür, dass sie sich so leicht ins

Bockshorn jagen liess. Im Grunde war wirklich nichts passiert.

Sie verabschiedete sich von Liliane.

Wieder am Salontisch griff sie zur gestrigen Zeitung, um sie im Zeitungständer fürs Altpapier zu entsorgen. Die Zeitung war schön zusammengefaltet, als hätte Gundela sie überhaupt nicht gelesen. Dabei hatte sie die Angewohnheit die Seiten nach hinten umzuschlagen, sodass sie verrutschten, wodurch sie immer zerknautsch aussahen. Diese war gelesen, dass sah man, aber danach war sie ordentlich zusammengefaltet worden.

Gundela liess sie mit einem Schrei fallen. Sie rannte ins Schlafzimmer und warf sich aufs Bett. Sie verbarg das Gesicht im Kissen und weinte. Ihre Wohnung, ihr Zufluchtsort, wurde zur Bedrohung.

Nachdem der erste Schreck nachgelassen hatte, begann sie zu überlegen. Sie hatte genug Geld, um nach Neuseeland auszuwandern. Gut, es hätte etwas mehr sein können, aber hier fühlte sie sich auf einmal nicht mehr sicher. Dazu kam die immer mehr störende Situation mit Liliane und ihrem Liebhaber, die ihr ebenfalls die Freude an der Wohnung nahm. Also konnte sie Nägel mit Köpfen machen und den grossen Schritt wagen.

Entschlossen stand sie auf, ging ins Wohnzimmer, packte energisch die Zeitung und warf sie in den Ständer.

Gleich morgen würde sie anfangen, alles in die Wege zu leiten.

Adrian wartete bis kurz vor zehn, bevor er den Kontrollanruf tätigte. Gundela meldete sich. Schnell legte er wortlos auf.

Gundela lächelte grimmig. War das der unheimliche Besucher gewesen. Nun dann wusste er, dass sie heute zu Hause war. Zumindest am Vormittag. Am Nachmittag würde sie wegen der Auswanderung unterwegs sein.

Adrian war enttäuscht. Er hatte sich auf einen weiteren schönen Tag gefreut. Wenigstens hatte er heute ein Buch dabei und das Wetter spielte mit. Er spazierte zum See, setzte sich auf eine Bank und las. Am Mittag ass er die Brote.

Es war aber nicht dasselbe wie gestern. Er konnte nicht entspannen.

Am frühen Nachmittag ging er zum Auto. Er musste noch ungefähr zwei Stunden totschlagen, dann konnte er zurück. Er fuhr ins Dorf, stellte den Wagen aber auf einem öffentlichen Parkplatz ab. Er spazierte wieder durch das Einfamilienhausquartier.

Unbewusst hielt er nach Katzen Ausschau. Sie waren schuld an seiner Situation.

Er befand sich auf der anderen Seite des Quartiers, als er eine sah, die sich im Gras sonnte.

Er sah sich um. Niemand war zu sehen. Das Quartier lag wie im Dornröschenschlaf vor ihm.

Mit beruhigender Stimme auf sie einredend, trat er näher. Sie blinzelte ihn an und drehte sich auf den Rücken, um am Bauch gekrault zu werden.

Er tat ihr den Gefallen. Es sollte ihr letzter Wunsch sein. Plötzlich drückte er zu. Ein kurzes, quietschendes Miauen ertönte. Sie strampelte ein bisschen, dann war sie still.

Adrian stand auf und warf einen weiteren Blick in die Runde. Das Quartier döste weiter vor sich hin. Schnell trat er auf die kleine Strasse und spazierte langsam davon.

Frau Meier hatte in ihrem Garten im Liegestuhl ein Nickerchen gemacht. Ein Geräusch weckte sie, aber was es gewesen war, wusste sie nicht. Sie sah einen Mann am Gartenzaun vorbeispazieren, aber der beachtete sie nicht, sah überhaupt nicht in die Gärten, wie manche Leute, die die Blumen bewunderten. Vielleicht hatte er gehustet und sie damit geweckt.

Sie ging ins Haus, um sich etwas zu trinken zu holen.

Tiger, ihre Katze war wieder einmal ausser Haus. Nun spätestens, wenn Frau Meier zu kochen anfing, würde sie wieder erscheinen. Sie hoffte immer auf einen Leckerbissen.

Als Herr Meier nach Hause kam, war die Katze noch nicht da.

«Hast du Tiger gesehen?», fragte seine Frau ihn.

Er schüttelte den Kopf.

«Komisch», sagte sie mit besorgter Stimme.

«Heute habe ich Frau Müller von Nummer siebenundzwanzig getroffen. Ihre Katze war vorgestern plötzlich tot. Lag am Bachufer, aber sie konnte nicht erkennen, wie sie gestorben ist. Sie brachte sie zum Tierarzt und der stellte fest, dass sie erwürgt wurde. Richtig umgebracht!»

Herr Meier schaute sie erstaunt an.

«Du meinst, da bringt jemand Katzen um?», vergewisserte er sich ungläubig.

Seine Frau nickte energisch.

«Das macht man doch eher mit Gift», meinte er skeptisch.

«Dann habe ich Frau Senn getroffen, weisst du die Bäuerin, bei der ich immer die Eier hole», erzählte sie.

«Deren Katze ist auch verstorben, lag ebenfalls am Abhang zum Bach, aber weiter unten zwischen dem Hof und dem See», fuhr sie fort.

«Auch erwürgt?»

«Weiss ich nicht. Sie waren nicht beim Tierarzt. Du weisst ja wie Bauern sind, die haben genug Viecher, die machen wegen einer Katze mehr oder weniger kein Aufhebens.»

Frau Meier zögerte.

«Obwohl, ich hatte den Eindruck, dass sie traurig war», setzte sie noch hinzu.

«So und jetzt rufe ich Tiger», beschloss sie energisch.

Als auf ihren Lockruf keine Reaktion erfolgte, wandte sich Frau Meier der Wiese zu. Da hatte es Mäuse und ihre Katze konnte stundenlang lauern. Ach da lag sie im Gras und schlief.

«Tiger komm nach Hause», forderte Frau Meier sie auf.

Dann erkannte sie die offenen, toten Augen.

Tierarzt Dr. Pabst wollte gerade Schluss machen, als das Telefon klingelte.

«Hier ist Frau Meier, die mit dem Tiger», klang es aufgeregt aus dem Hörer.

«Meine Katze ist tot. Kann ich sie vorbeibringen?»

Dr. Pabst war alarmiert. Er hatte sich schon über die ungewöhnlichen Umstände beim Tod von Müllers Maudi gewundert und Frau Meier wohnte im selben Quartier.

«Ja bringen Sie sie vorbei. Jetzt gleich, ich warte noch», sagte er deshalb.

Zehn Minuten später waren die Meiers da.

Der Tierarzt untersuchte den Kadaver und stellte ohne Überraschung fest, dass auch dieses Tier erdrosselt worden war.

«Machen Sie einen Anschlag, dass in ihrer Siedlung ein Katzenmörder umgeht», schlug er deshalb vor.

«Und die Polizei sollten Sie auch verständigen.»

«Aber es ist doch nicht nur bei uns. Die Katze von Bauer Senn ist auch tot. Das ist am anderen Ende des Dorfes», entrüstete sich Frau Meier.

Davon hatte Dr. Pabst noch nichts gehört.

«Trotzdem wäre eine Warnung gut», beharrte er.

«Bei Ihnen sind es schon zwei.»

Polizeiwachtmeister Jörg Bachmann sass in der Krone, einem Lokal der Kleinstadt, vor einem Glas Bier. Er hatte Feierabend und war schon in Zivil. Manchmal gab es hier um diese Zeit einen Jass, aber heute schien niemand interessiert.

Dr. Balz Pabst, der Tierarzt, betrat das Restaurant. Als er den Polizisten sah, steuerte er dessen Tisch an.

«Hallo Jörg», grüsste er.

«Hallo Balz», lachte dieser.

«Wenn wir noch zwei finden, könnten wir jassen.»

Wegen der Liebe zu diesem Schweizer Kartenspiel, waren die Beiden auch per Du.

Pabst winkte ab.

«Ich bin heute nicht in Stimmung, aber froh dich zu treffen», erklärte er.

«Da passiert was Komisches bei uns im Dorf.»

Bachmann war sofort aufmerksam. Er kannte den

Tierarzt als einen Mann, der mit beiden Beinen auf dem Boden stand. Wenn er so beunruhigt war, musste es ernst sein.

«Da bringt jemand Katzen um.»

Bachmann war beinahe erleichtert. Es kam immer mal wieder vor, dass jemand seinen Hass auf streunende Katzen dadurch besänftigte, dass er Gift auslegte. Das war nicht schön und auch nicht ganz ungefährlich, weil auch andere Lebewesen von dem Gift fressen und sterben konnten.

Meistens hatten die betroffenen Halter auch einen Verdacht, weil sich solche Katzenhasser vorher schon verbal geäussert hatten. Je nach verwendetem Gift, liessen sich die Spuren oft gut zurückverfolgen.

«Ich nehme an, du hast einen Verdacht», erkundigte er sich deshalb.

Balz Pabst schüttelte den Kopf.

«Das ist nicht so einer, der notorisch gegen Katzen ist. Er streut kein Gift», erriet er Bachmanns Gedanken.

«Er erwürgt sie.»

«Was?»

Bachmann schaute sein Gegenüber verblüfft an.

Dieser nickte bestätigend.

«Total ungewöhnlich, nicht wahr?»

Jetzt nickte Bachmann.

«Allerdings, erzähl», forderte er Balz auf.

«Zuerst kam Frau Müller.»

Pabst nannte das Einfamilienhausquartier, in dem diese wohnte.

«Das war vorgestern.

Ihr Maudi, ein Kater, ist am Bachufer erdrosselt unter einem Gebüsch gelegen. Gerade weil sie weder eine

Verletzung noch Anzeichen für Gift entdecken konnte, wollte sie von mir wissen, wie er gestorben ist.

Ich habe Würgemale und blutunterlaufene Augen festgestellt. Da hat jemand mit seinen Händen zugedrückt. Ich konnte nämlich keine Spuren von einer Schnur oder Ähnlichem feststellen.

Ausserdem war der Kater noch nicht lange tot. Es ist am Nachmittag passiert.

So wie sie es mir beschrieben hat, lag er in der Nähe einer Bank an dem Weg, der von Spaziergängern und Radfahrern benutzt wird. Als sie ihn fand, war jedoch niemand in der Nähe. Das Wetter war auch nicht so schön, aber geregnet hat es nicht.»

Balz Pabst schwieg und schaute Bachmann erwartungsvoll an.

Dieser nickte stumm.

«Was hast du ihr gesagt?»

«Die Wahrheit. Ich habe sie gefragt, ob jemand einen Hass auf ihren Maudi gehabt habe oder gar ihr oder ihrem Mann schaden wollte. Ihr ist niemand eingefallen.

Ich habe ihr geraten, zur Polizei zu gehen, aber sie wollte nicht. Hatte wohl Angst vor den damit verbundenen Umtrieben.

Ausserdem mache das ihren Maudi auch nicht wieder lebendig, meinte sie noch.»

Bachmann seufzte. Viele Leute wollten nichts mit der Polizei zu tun haben, was oft den Delinquenten in die Hände spielte. So wohl auch in diesem Fall.

«Du hast gesagt: zuerst», fragte er.

Balz nickte.

«Heute kamen die Meiers. Wohnen in der Nähe von Frau Müller, auf der anderen Seite der Siedlung.

Ihr Tiger, eine Katze diesmal, war ebenfalls erdrosselt. Dieselben Merkmale, wieder am Nachmittag, aber auf einer Wiese.

Heute war es ja sonnig, da war wahrscheinlich zu viel Betrieb auf dem Weg. Na ja, ich habe den Beiden geraten, sich bei Euch zu melden und ich glaube die kommen wirklich.

Ich wollte auch, dass sie Zettel aufhängen und warnen, dass in ihrem Quartier jemand Katzen umbringt.

Aber dann habe ich erfahren, dass es schon vorher eine tote Katze gegeben hat, bei Bauer Senn. Sein Hof steht auf der Seite zum See, also direkt entgegengesetzt.

Ich habe da angerufen. Herr Senn wusste nicht, woran sie gestorben war. Er dachte, sie sei vielleicht ertrunken.

Der Hund eines Spaziergängers hat sie von irgendwo am Bachufer auf die Strasse geschleppt. Sie war schon am Dienstag vermisst worden und an dem Tag hat es geregnet. Da schwillt der Bach schnell an und wenn eine Katze am Ufer abrutscht, hat sie kaum eine Chance.»

Bachmann nickte.

«Der Hund des Spaziergängers hat wohl nichts damit zu tun?», fragte er vorsichtig.

«Nein, die Katze war da schon seit Stunden tot.»

Bachmann liess die Erzählung einen Moment auf sich wirken. Er verstand die Bedenken des Tierarztes.

Obwohl das Umbringen eines Tieres offiziell als Sachbeschädigung galt, war es ein ernstzunehmendes Delikt. Vor allem wenn es so unmittelbar geschah. Gift war eine unpersönliche Methode, aber selbst Hand anzulegen, bedeutete, dass jemand einen ungeheuerlichen Hass hatte. Oder Lust am Töten. Das war noch schlimmer.

«Gehst du der Sache nach?», fragte Pabst, sich erhebend.

Bachmann nickte.

«Es muss aber eine offizielle Anzeige vorliegen», mahnte er.

«Ruf mich an, wenn die Meiers sich nicht melden», bat Pabst.

«Sorry, aber meine Frau wartete auf mich», erklärte er sich verabschiedend.

Bachmann zahlte ebenfalls und ging zum Polizeiposten zurück.

«Ist noch etwas hereingekommen?», fragte er den diensthabenden Kollegen.

«Ja, eine Anzeige wegen einer toten Katze.»

Er nannte das Dorf.

«Das übernehme ich», erbot sich Bachmann.

Erstaunt übergab ihm der Kollege die Anzeige.

Bachmann zückte sein Handy und sagte seiner Frau Bescheid.

Es würde wieder einmal später werden.

Irgendetwas beunruhigte Bachmann an diesem Fall und auf seine Instinkte konnte er sich verlassen.

Er fuhr zu der angegebenen Adresse.

Das Ehepaar Meier stand im Garten vor einem frisch umgegrabenen Beet. Frau Meier hatte vom Weinen gerötete Augen.

«Polizeiwachtmeister Bachmann», stellte er sich vor.

«Oh, hätten wir das nicht tun dürfen?», fragte Herr Meier.

Bachmann war verblüfft.

«Was denn?»

«Wir haben Tiger vergraben.»

Nun war das Beet klar.

«Streng genommen hätten Sie sie zur Kadaversammelstelle bringen müssen», sagte der Polizist.

«Aber ich habe nichts gesehen, als ein neues Beet», beschwichtigte er gleich darauf.

«Ja, da kommen morgen schöne Blumen drauf», bestätigte Herr Meier.

«Wegen der Katze bin ich übrigens hier», erklärte Bachmann.

«Sie haben Anzeige erstattet.»

«Und ich dachte noch, ihr Kollege nimmt das nicht so ernst», erzählte Meier.

«Der wusste nichts von den anderen Katzen», erläuterte der Beamte.

«Nicht wahr, das ist doch richtig unheimlich», mischte sich Frau Meier ein.

Bachmann nickte.

«Wo haben Sie Ihren Tiger gefunden?»

«Nicht weit von hier. Kommen Sie, ich zeige es Ihnen.»

Sie gingen zu der Wiese, die in Sichtweite des Hauses lag.

Es führten mehrere Spuren zu dem niedergedrückten Gras, wo die Katze gelegen hatte. Die auszuwerten, hätte bedeutet, dass jemand von der Spurensicherung kam. Aber diese deswegen nach Feierabend aufbieten, wollte Bachmann doch nicht.

«Wie oft sind Sie denn durchs Gras gegangen?», fragte er deshalb nur.

«Also zweimal ich und einmal mein Mann», erklärte Frau Meier.

Bachmann nickte verständnisvoll. Damit waren die Spuren des Täters verwischt.

Ein Blick an den Himmel bedeutete ihm, dass es heute Abend noch ein Gewitter geben würde, somit war es unwahrscheinlich, dass man morgen überhaupt noch etwas sah. Wieder war er versucht, den Kriminaltechniker aufzubieten, aber er verwarf es schweren Herzens.

«Ist Ihnen sonst noch etwas aufgefallen? Können Sie den Zeitraum, in dem es passiert sein muss, eingrenzen?»

«Heute war so schönes Wetter. Da habe ich den Liegestuhl auf den Rasen gestellt. Stimmt da war Tiger noch da. Ich bin dann eingedöst und als ich wieder erwachte, war sie weg. Das war so zwei, halb drei. Als ich mich hingelegt habe, meine ich. Aufgewacht bin ich um vier. Stimmt gleich danach begannen die Kirchenglocken zu läuten. Da war von der Katze nichts zu sehen.»

Frau Meier dachte einen Augenblick nach. Bachmann liess ihr Zeit.

«Komisch», fuhr sie fort.

«Ich bin nicht von dem Kirchengeläut aufgewacht. Das hörte ich später auf dem Weg ins Haus.»

Wieder stockte sie.

«Es hat mich aber etwas geweckt. Ein Geräusch, das mich irgendwie erschreckt hat. Besser gesagt beunruhigt», versuchte sie, ihre Gefühle zu beschreiben.

«Stimmt», setzte sie nach kurzem Nachdenken hinzu.

«Es ging gerade ein Mann vorbei. Ich dachte noch, vielleicht hat der mich geweckt, aber ich glaube es nicht.»

Bachmann war sehr interessiert.

«In welcher Richtung ging er und wie sah er aus?»

Frau Meier deutete in die Siedlung hinein.

«Er ging dahin. Wie er aussah? Ich kann nicht so gut Leute beschreiben. Um die vierzig schätze ich. Er hatte angegrautes Haar. Er war für einen Mann mittelgross, etwas grösser als ich.»

«Statur? Dick, dünn?», versuchte Bachmann weiterzuhelfen.

«Weder, noch. Er war für einen Mann in seinem Alter eher schlank, aber nicht dünn und er hatte keinen Bauchansatz.»

Dabei schielte sie zu ihrem Mann hinüber, der etwas verlegen grinste.

«Meine Frau liegt mir immer mit Vollkost in den Ohren, aber ich mag das Körnerzeug nicht», erklärte er.

Bachmann hielt sich da raus.

«Ist Ihnen sonst noch etwas aufgefallen an dem Mann?»

«Ja, er hat nicht in die Gärten geschaut.»

Bachmann runzelte verwundert die Stirne.

«Hier gehen nicht viele Spaziergänger vorbei, aber wenn mal jemand kommt, werden die Gärten betrachtet. Die Blumen bewundert und so, verstehen Sie? Sonst gibt es hier ja nichts zu sehen, ausser Gärten und Häusern.»

Bachmann nickte.

«Dieser Mann nicht?»

«Nein, er sah stur auf den Weg. Es war fast unheimlich.»

Bachmann war sich fast sicher, dass es der Täter war. Er kam aus der Richtung der toten Katze und verhielt sich ungewöhnlich. Vielleicht weil er nicht erkannt werden wollte.

«Hier ist schon vorher eine Katze getötet worden?»

«Ja bei den Müllers von Nummer siebenundzwanzig. Das ist dahinten.»

Sie wies ihm den Weg. Bachmann verabschiedete sich.

Frau Müller öffnete auf sein Klingeln.

«Polizeiwachtmeister Bachmann», gab er sich zu erkennen, indem er seinen Ausweis hervorholte.

Er trug ja immer noch Zivilkleidung.

Sie sah ihn beunruhigt an.

«Es geht um Ihre Katze.»

«Oh, der Maudi, der ist tot.»

Jetzt schossen ihr die Tränen in die Augen.

«Tut mir leid», entschuldigte sich Bachmann.

«Ich hätte gern etwas mehr darüber erfahren.»

«Wieso interessiert sich die Polizei dafür?», fragte sie verwundert.

«Weil das schon die zweite, eventuell sogar die dritte Katze ist, die umgebracht wurde.»

Jetzt war Frau Müller verblüfft.

«Woher wissen Sie überhaupt davon?»

«Es wurde Anzeige erstattet, dabei wurde auch ihr Tier erwähnt. Was können Sie mir darüber erzählen und vor allem, wo haben Sie sie gefunden?»

«Am Bach, bei der Bank.»

Bachmann bat sie, ihm die Stelle zu zeigen. Sie führte ihn hin.

Da es schon zwei Tage her war, sah man nicht mehr viel. Aber die Bank direkt daneben fand er interessant.

Hatte der Täter hier gesessen und gelauert. Wie konnte er jedoch erwarten, dass hier eine Katze vorbeikam.

«Ist Ihr Maudi oft am Bach gewesen?»

«Natürlich, da gab es immer etwas zu jagen. Er fing öfter eine Maus. Deshalb habe ich auch hier gesucht. Obwohl, so weit weg, war er selten.»

«Gesehen haben Sie aber niemand. Auf dem Weg oder bei der Bank.»

«Nein, ich war ganz allein.»

Ein Blitz zuckte vom Himmel und der Donner liess nicht lange auf sich warten. Frau Müller zuckte zusammen und sah ängstlich in die Richtung.

«Gehen Sie heim», schlug Bachmann vor.

«Wenn ich noch Fragen habe, melde ich mich wieder.»

Schnell verabschiedete sich Frau Meier und eilte nach Hause.

Trotz des drohenden Gewitters setzte sich Bachmann auf die Bank. Sie war etwas zurückversetzt, sodass man nur ein kurzes Teilstück des Weges überblicken konnte. Die letzten drei Häuser am Dorfrand waren sichtbar, aber schon ziemlich entfernt. Es war ein Platz, an dem man relativ ungestört war. Trotzdem würde er noch nachfragen, ob jemandem dort ein Mann aufgefallen war.

Inzwischen waren mehrere Blitze niedergegangen und der Donner kam näher. Bachmann eilte zu seinem Auto und bekam noch die ersten Tropfen ab. Kaum hatte er die Tür geschlossen, prasselte der Regen los. Nur gut, dass er keine Spurensicherung aufgeboten hatte. Jetzt hätte er dumm dagestanden.

Weil es Samstag war, blieb Adrian zu Hause. Hilde kam aufgeregt vom Bäcker zurück.

«Weisst du, was sie im Dorf erzählen?», fragte sie ihn rhetorisch.

«Jemand bringt Katzen um!»

Adrian schaute erschrocken auf.

Hilde hatte über die Neuigkeit ihre sonstige Reserviertheit total vergessen.

«Es sollen schon ein halbes Dutzend tot sein», berichtete sie die dörflichen Übertreibungen.

Adrian wollte schon erleichtert aufatmen, als er den Irrtum erkannte.

«Er …», Hilde nahm automatisch an, dass es ein Mann sein musste, «… vergiftet sie nicht, sondern erwürgt sie. Kannst du dir vorstellen, dass jemand so was tut?»

Adrian wollte schon nicken, als er sich zusammenriss und schnell den Kopf schüttelte. Das gab eine unkoordinierte Bewegung, aber Hilde war zu sehr mit dem Thema beschäftigt, um es zu bemerken.

«Er erwürgt sie und wirft sie weg. Am Bach oder in eine Wiese», erzählte sie weiter und nannte dabei das Einfamilienhausquartier.

«Dort haben sie jetzt Warnungen aufgehängt, dass man die Katzen im Haus behalten soll.»

Dabei erinnerte sie sich an Miezi. Schnell hob sie sie auf und streichelte sie, so dass diese zu schnurren begann.

«Nur gut, dass du die Wohnung nie verlässt.»

Adrian war von dem idyllischen Bild angewidert. Er brummte etwas von seine Ruhe haben und verzog sich ins Schlafzimmer, wo er sich aufs Bett warf. Sie hatten noch ein drittes Zimmer, das eigentlich das Kinderzimmer gewesen wäre, aber Hilde hatte kurzerhand ein Nähzimmer daraus gemacht und in ihr Reich konnte und wollte er nicht eindringen. So blieb an den Wochenenden nur das Schlafzimmer, wenn er seiner Frau ausweichen und ungestört sein wollte.

Genau das brauchte er heute. Er musste die neue Situation überdenken.

Die Katzen waren gefunden worden, aber scheinbar nur bei dem Quartier. Jetzt dachten sie, dass dort ein Katzenmörder herumging. Diese Gegend musste er in Zukunft unbedingt meiden.

Es war ja nicht so, dass er die Katzen umbringen MUSSTE, er war einfach erleichtert, wenn er sie stellvertretend für Miezi tötete. Das einfachste wäre, wenn er Hildes Liebling umbrächte, aber sie würde sofort wissen, wer es getan hätte. Was danach kam, wollte er sich lieber nicht ausmalen.

Obwohl Samstag war, machte sich Bachmann, wieder in Uniform, mit dem Streifenwagen auf den Weg zum Hof der Familie Senn.

Der Bauer spritze gerade seinen Pflug ab, als das Polizeiauto auf den Hof fuhr. Erstaunt drehte er den Wasserhahn zu und trat zu dem aussteigenden Beamten.

«Ist etwas passiert?», fragte er und grüsste kurz.

«Ich komme wegen der toten Katze», erklärte Bachmann.

«Ja, das ist eine komische Sache», begann Senn zu erzählen.

«Wir haben sie an dem Abend vermisst, als es so stark

geregnet hat. Das war am Dienstag, glaube ich, oder Mittwoch? Jedenfalls ist sie nicht ins Haus gekommen, wie sonst. Sie mochte keinen Regen. Meine Frau dachte noch, vielleicht sei sie in der Scheune.

Am anderen Tag, stimmt das war der Mittwoch, habe ich beim Bach unten gepflügt. Da kam ein Spaziergänger mit einem Schäferhund, der frei gelaufen ist. Der hat das tote Tier dann vom Bachufer auf den Weg geschleppt.»

«Würde es Ihnen etwas ausmachen, mir die Stelle zu zeigen?», bat Bachmann.

«Kein Problem. Ist nicht weit.»

Sie stiegen ins Auto und fuhren ein paar hundert Meter. Links tauchte der umgepflügte Acker auf. Bachmann wollte anhalten, aber der Bauer wies nach vorne.

«Dort hinter der kleinen Biegung.»

Der Polizist hielt das Auto direkt in der Krümmung des Weges an. Hier war eigentlich Fahrverbot, sodass er keine Gefahr darstellte.

«Ungefähr hier hat der Hund sie abgelegt», deutete Senn auf eine Stelle schon etwas weiter hinten.

Sie stiegen aus und Bachmann prägte sich die Örtlichkeit ein.

«Wo er sie gefunden hat, weiss ich nicht, aber ich glaube nicht, dass es weit weg war», erläuterte der Bauer.

«Der Spaziergänger hat mich dann gerufen und ich habe gemerkt, dass die Katze schon länger tot ist, so kalt wie sie war. Das habe ich dem Herrn auch gesagt, der hatte nämlich Angst, sein Hund sei es gewesen. War übrigens gut abgerichtet das Tier, nicht wie andere, die überall rumstreunen.»

Senn schwieg nachdenklich. Bachmann überliess ihn seinen Erinnerungen und wandte sich bachabwärts.

Einige Meter entfernt stand eine Bank, auch diese nahe am Gebüsch. Man sah sie erst, wenn man um die Ecke bog.

«Sie hatte keine Verletzung, weshalb ich annahm, dass sie ins Wasser gefallen und ertrunken sei», fuhr Senn unvermittelt fort.

«Ich habe mich noch gewundert, wieso sie nicht bis in den See gespült worden ist. Dann habe ich gehört, dass jemand Katzen erwürgt. So einer ist doch irre», entrüstete er sich.

Bachmann nickte nur.

«Ich fahre Sie wieder zurück», bot er dem Bauer an.

«Ach lassen Sie nur», winkte dieser ab.

«Hier können Sie doch nicht wenden und in fünf Minuten bin ich zu Fuss zu Hause.»

Sie verabschiedeten sich. Bachmann fuhr den Weg bis zur Strasse. Gleich daneben war ein Parkplatz. Dort konnte der Täter sein Auto abgestellt haben. Der Polizist glaubte nämlich nicht, dass dieser zu Fuss in die Gegend gekommen war. Selbst vom Dorf war es zu weit entfernt.

Am Montag wusste Adrian, dass Gundelas Wohnung frei war, weil er mit Liliane am Abend verabredet war. Sie trafen sich zum ersten Mal seit der Kündigung.

Den Tag verbrachte er angenehm, Er hatte sich wieder Brote gemacht und von zu Hause eine Tüte Bohnenkaffee mitgebracht. Er füllte die Kaffeemaschine randvoll, liess eine Tasse heraus und machte es sich auf dem Sofa bequem. Er zappte durch den Fernseher, hatte sich aber diesmal den letzten Sender gemerkt. Er blieb bei einer Sportsendung hängen und verfolgte die Übertragung bis zum Mittag.

Gundela hatte die Wohnung wie gewohnt auf Vordermann gebracht. Keine Zeitung lag herum und alles war aufgeräumt.

Deshalb erschrak er, als er die Krümel bemerkte, die er beim Salontisch verstreut hatte. Er versuchte sie von Hand aufzunehmen, aber dann holte er den Staubsauger und begann zu saugen. Dabei achtete er nicht auf die Zeit. Es war vor ein Uhr und das Haus ziemlich ringhörig.

Er hatte vergessen, ein Buch mitzunehmen und stöberte nun im Regal nach einem Krimi, ohne fündig zu werden.

Also durchwühlte er den Stapel Altpapier, bis er schliesslich eine Illustrierte fand. Er blätterte sie durch und entdeckte sogar noch ungelöste Kreuzworträtsel.

Endlich kam Liliane. Sie fielen sich in die Arme.

Nach den ersten stürmischen Küssen, löste sie sich und sah ihn fragend an.

«Wieso haben sie dir gekündigt?»

Adrian sah verlegen zu Boden. Er hatte schon den ganzen Nachmittag überlegt, was er Liliane sagen sollte, denn die Wahrheit durfte sie nicht wissen. Sie würde Gundela sofort zur Rede stellen und dann war die Wohnung verloren. Er brauchte aber gerade in dieser Zeit dringend ein Refugium. Wo sollte er sonst die Tage verbringen.

Also entschloss er sich zur halben Wahrheit.

«Ich habe etwas Geld aus der Kasse genommen. Ich hatte einen Engpass und ich wollte es am Zahltag zurücklegen. Aber Dominik hat es bemerkt und gemeldet.»

«Darum hat der jetzt deine Stelle», klagte Liliane bitter.

«Wurde gesagt, weshalb mir gekündigt wurde?»

«Nein, nur dass du sofort freigestellt wurdest. Ich bin fast verzweifelt, weil ich nicht wusste, was los war. Du hättest mich anrufen sollen.»

«In der Firma habe ich mich nicht getraut und zu Hause ist deine Mutter», entschuldigte er sich lahm. In Wahrheit hatte er einfach nicht gewusst, wie er es ihr beibringen sollte.

Liliane ahnte die Wahrheit.

«Weiss deine Frau Bescheid?»

«Nein, ich habe noch nicht den Mut gefunden, es ihr zu beichten.»

Liliane nahm ihn tröstend in die Arme. Ihr Ärger war verraucht. Plötzlich fiel ihr Gundela ein.

«Hast du die Zeit hier totgeschlagen?»

Adrian wollte zuerst verneinen, gab es dann aber zu.

«Ich habe aber aufgepasst, dass sie nichts merkt», versicherte er.

«Sie hat es aber gemerkt. Sie hat mich angerufen und gefragt, ob ich hier gewesen wäre», erzählte Liliane.

«Wie hat sie das denn entdeckt?»

«Du hast die Schale der Kaffeemaschine geleert und den Fernsehsender verstellt »

Adrian wurde es heiss. Gut, dass er heute diese Fehler nicht gemacht hatte. Dass Kaffeebohnen nachgefüllt wurden, würde Gundela hoffentlich entgehen.

«Aber sie weiss doch von dem Schlüssel?»

«Nein, das habe ich damals vergessen zu erwähnen und dann dachte ich, es sei nicht mehr nötig. Übrigens morgen hat sie frei», fiel Liliane noch ein.

Adrian wollte das Thema wechseln. Er begann sie zu liebkosen und bald darauf verschwanden sie im Schlafzimmer.

Zwei Stunden später verliess Adrian das Haus, um zu seinem Auto zu gehen. Er hatte es heute auf dem Besucherparkplatz abgestellt, da er ja offiziell in der Wohnung gewesen war.

An der Haustür begegnete er einer Frau, die gerade Werbekataloge aus ihrem Briefkasten holte. Er war mit seinen Gedanken noch fest bei Liliane, so dass er nicht mitbekam, wie die Frau stehen blieb und ihn beobachtete, bis er weggefahren war. Dann betrat sie kopfschüttelnd das Haus.

Gundela richtete es, wenn immer möglich, ein, an ihrem freien Tag zu waschen, vor allem, wenn wie gestern das Liebespaar dagewesen war. Sie trat mit ihrem Wäschekorb ins Treppenhaus und traf auf ihre Nachbarin Frau Räber.

«Haben Sie schon wieder frei?», erkundigte sich diese erstaunt.

«Ja, wieso schon wieder?»

«Sie waren doch gestern schon zu Hause», erklärte Frau Räber.

Gundela war überrascht, hatte jedoch schnell eine Ausrede bereit.

«Nein, das war meine Freundin. Sie hat mir bei etwas geholfen, weil ich arbeiten musste.»

«Ach so, sagen Sie der Dame, dass bei uns die Mittagsruhe eingehalten wird. Das gilt auch fürs Staubsaugen», stellte die Nachbarin etwas verstimmt fest, bevor sie sich in ihre Wohnung zurückzog.

Gundela war zu verblüfft, um nachzuhaken. Es war also wieder jemand in der Wohnung gewesen. Wegen ihrem früheren Verdacht glaubte sie Frau Räber sofort, dass diese Geräusche aus der Wohnung gehört hatte.

Aber Liliane war es nicht gewesen. Sie hatte zwar flexible Mittagspausen, aber wieso sollte sie bei Gundela sauber machen. Warum sollte überhaupt jemand bei ihr putzen? Kopfschüttelnd ging sie in die Waschküche.

Wieder in der Wohnung sah sie sich um. Am Fernseher war diesmal nichts verändert worden. Jedenfalls war es derselbe Sender wie am Abend vorher, da war sie ganz sicher.

Sie sah zum Zeitungsständer. Da stimmte etwas nicht. Zuoberst lag eine Illustrierte, die sie schon letzte Woche weggeworfen hatte. Automatisch nahm sie sie und blätterte darin herum. Alle Kreuzworträtsel waren gelöst, aber es war nicht ihre Schrift.

Hatten die Beiden nichts Besseres zu tun gehabt. Plötzlich keimte ein alter Verdacht wieder auf. Spielte Liliane ihr erneut etwas vor. War das Verhältnis vorbei und Liliane wollte das nicht zugeben und verbrachte die Abende allein in der Wohnung? Dagegen sprach allerdings die Tatsache, dass jeden Monat Geld auf Gundelas Konto floss. Allerdings konnte das auch von ihrer Freundin eingezahlt sein, denn der Kontoname lautete auf eine Firma, ein Deckname wie Adrian ihr versichert hatte.

Gundela brauchte einen Kaffee. Die Kaffeemaschine! Da musste sie noch Bohnen auffüllen. Sie hatte nämlich keine mehr gehabt und erst gestern neue gekauft. Aber das Fach war fast voll.

Als sie die neue Packung in die Vorratsdose umschüttete, fiel ihr die Färbung auf. Sie legte eine ihrer Bohnen auf diejenigen in der Maschine. Es war eine andere Sorte. Die von der Röstung entstandene Farbe war unterschiedlich.

Sie musste Liliane fragen, ob sie das gewesen war.

Adrian hatte den Dienstag im Oberland verbracht. Er war herumgefahren, hatte sich in Einkaufszentren herumgetrieben und Leute beobachtet. Er wollte einfach an einem Ort sein, an dem er mit Sicherheit keiner Katze begegnete. Sein Frust war so gewaltig, dass er nicht gewusst hatte, wie er reagieren würde.

Endlich war die Zeit um und er konnte nach Hause fahren. Morgen war alles wieder gut.

Am Mittwoch rief er bei Gundela an, obwohl das eigentlich überflüssig war. Sie hatte ja gestern frei gehabt. Natürlich nahm niemand ab.

Adrian spazierte vom Parkplatz am Rand des Quartiers zu Gundelas Adresse. Dort angekommen, steckte er den Schlüssel ins Schloss, aber dieser liess sich nicht drehen. Hatte Gundela das Schloss auswechseln lassen? Automatisch drückte er die Klinke und die Tür ging auf. Es war gar nicht abgeschlossen gewesen. War Gundela doch zu Hause.

Im ersten Moment wollte er kehrt machen und davonhasten. Doch dann siegte die Neugier. Wenn sie da war, würde er kurzerhand erklären, dass er in der Wohnung etwas vergessen oder verloren hätte. Dann durfte er aber nicht so reinplatzen.

Leise schloss er die Tür und klingelte. Niemand regte sich. Vielleicht war sie so in Eile gewesen, dass sie versäumt hatte, abzuschliessen.

Adrian gab sich einen Ruck betrat die Wohnung und schloss die Tür.

«Frau Oberdorfer?», rief er vorsorglich.

Es blieb still. Die Küchentür war ausnahmsweise geschlossen. Er öffnete sie und blieb wie angewurzelt stehen.

Gundela lag auf dem Bauch am Boden. Überall war Wein verspritzt. Es roch penetrant nach Alkohol. Eine kaputte Flasche und Scherben lagen verstreut herum. Um ihren Kopf war der Weisswein rot und dunkel. Das musste Blut sein.

Adrian wurde schlecht. Er stürzte zur Toilette und übergab sich. Er spülte sich den Mund aus und wusch sich das Gesicht mit kaltem Wasser.

Auf dem Rückweg schloss er die Küchentür, um die Leiche nicht mehr sehen zu müssen und wegen dem Geruch.

Er setzte sich aufs Sofa. Er müsste jetzt die Polizei rufen, aber wie sollte er seine Anwesenheit und vor allem seine Unschuld beweisen. Er wäre doch hochverdächtig. Überall in der Wohnung musste es von seinen Fingerabdrücken wimmeln, besonders im Schlafzimmer. Einen Augenblick wollte er alles abwischen, aber er wusste nicht, was er in den letzten Tagen angefasst hatte, also liess er es sein.

Er würde es auch nicht melden. Irgendwann würden die Leute im Reisebüro Alarm schlagen.

Natürlich, die Kollegen mussten sie schon vermissen. Jeden Moment konnte jemand auftauchen und nachsehen.

Schnell stand er auf und verliess die Wohnung, wobei er automatisch abschloss. Erst beim Wagen bemerkte er, dass er Gundelas Schlüssel abgezogen und damit die Wohnung verschlossen hatte. Jetzt musste die Polizei denken, dass ihn der Mörder mitgenommen hatte. Adrian warf das Beweisstück in den Abfallkorb des Parkplatzes.

Hilde hatte am Kühlschrank einen grossen Kalender festgemacht, der jeweils einseitig einen Monat zeigte und Platz für Einträge liess. Hier notierte sie ihre Termine.

Manchmal sah er automatisch darauf, wenn er etwas herausholte. So hatte er auch heute Morgen registriert, dass seine Frau am späteren Vormittag beim Zahnarzt war. Er konnte demnach problemlos in die eigene Wohnung zurückkehren.

Er öffnete die Tür und traf als erstes auf Miezi. Da stand sie und schaute lauernd auf den Türspalt. Das gab den Ausschlag. Er warf die Tür zu, packte die Katze und drückte seine ganze Verzweiflung und Wut in den Würgegriff um ihren Hals aus.

Sie war schuld, dass Hilde sich von ihm abgewandt hatte.

Sie war schuld, dass er mit Liliane etwas angefangen hatte.

Sie war schuld, dass er Geld gebraucht und unterschlagen hatte.

Sie war schuld, dass er die Stellung verloren hatte.

Sie war sein ganzes Unglück.

Er wusste nicht, wie lange sie schon tot war, als er wieder zur Besinnung kam.

Nun kam er in Erklärungsnot. Hildes Katze verliess ja die Wohnung nicht.

Halt stimmte nicht. Er konnte sagen, sie sei ihm entwischt.

Schnell holte er eine grosse, farbige Plastiktüte und packte Miezi hinein. Dann ging er zu der Stelle, wo der Hausmeister einen Komposthaufen angelegt hatte, auf dem er die Abfälle vom Rasenmähen, die Blätter und Zweige der Sträucher und anderes Grünzeug deponierte.

Er sah sich um, aber der Platz war bewusst sichtgeschützt gebaut worden. Er warf den Kadaver in einem Schwung auf den Haufen. Die Tüte entsorgte er im nächsten Abfallbehälter.

Eine Stunde später war Hilde missgelaunt auf dem Heimweg. Trotz der Spritze hatte sie Zahnschmerzen und einen brummenden Kopf. Der Zahnarzt hatte bis zum Nerv bohren müssen und sie würde eine Krone bekommen, die ein Heidengeld kostete. Dass sie auch noch mit dem Bus fahren musste, hellte ihre Stimmung auch nicht auf.

Sie wunderte sich, dass die Tür nicht abgeschlossen war und noch mehr als sie Adrian auf dem Sofa sitzen sah.

«Wo kommst du denn her?», blaffte sie ihn anstelle einer Begrüssung an.

Adrian hatte sich in der Zwischenzeit entschlossen, mit seiner Frau zu reden und ihr die Wahrheit über seine verlorene Stelle zu beichten. Er würde ihr denselben Grund angeben, den er Liliane genannt hatte. Als er Hildes schlechte Laune und ihr von der Spritze schiefes Gesicht bemerkte, verlor er jedoch den Mut.

«Ich habe mir freigenommen», wich er deshalb aus.

Damit goss er unvermutet Öl ins Feuer.

«Dann hättest du mir den Wagen dalassen können. Es ist nicht gerade angenehm, nach dem Zahnarzt am Bahnhof rumzustehen und auf den Bus zu warten.»

«Tut mir leid», murmelte er leise.

«Am Morgen wusste ich das noch nicht.»

Jetzt erst bemerkte Hilde, dass ein Teil des Empfangskomitees fehlte.

«Miezi», rief sie.

Adrian duckte sich tiefer ins Sofa.

«Miezi, wo bist du denn?»

Hilde sah argwöhnisch zu ihrem Mann.

«Du bist schuld!»

Adrian erschrak. Wieso wusste sie über ihn Bescheid? Wie lange verdächtigte sie ihn schon?

«Sie ist dir entwischt!», schrie Hilde ihre Schmerzen im Mund vergessend.

Adrian atmete auf. Schnell nickte er und machte eine schuldbewusste Miene.

«Es ging so rasch. Sie muss hinter der Tür gelauert haben», stotterte er.

«Ich habe sie noch zu fangen versucht, aber sie ist runter und aus dem Haus wie der Blitz.»

Hilde ging wie eine Furie auf ihn los. Sie schlug auf ihn ein, sodass er nur mit Mühe seinen Kopf schützen konnte. In seiner sitzenden Position konnte er sich nicht wehren, nur zusammenrollen und sich möglichst klein machen. Ein Dutzend Hiebe prasselten auf seinen Rücken und die Arme. Dann ging Hilde der Atem aus und sie sank weinend in den Sessel.

Adrian richtete sich auf. Einige Schläge waren schmerzhaft und würden vielleicht blaue Flecken verursachen, aber eigentlich verletzt war er nicht. Um seine Frau nicht weiter zu provozieren, stand er schweigend auf und schlich ins Schlafzimmer.

Nach einigen Minuten hatte sich Hilde wieder beruhigt. Leider kehrten jetzt auch die Zahnschmerzen zurück und vor allem die Sorge um die Katze.

Hilde ging ins Bad und wusch sich das Gesicht. Dann trat sie ins Treppenhaus und rief lockend Miezis Name.

Sie ging nach unten, vor das Haus und sogar in den Kellergang. Miezi liess sich nicht blicken.

Bis zum Spielplatz suchte sie die Umgebung ab, fragte Kinder, Nachbarn und den Hausmeister. Niemand hatte die Katze gesehen.

Teil 3

Ermittlungen

Am Mittwochabend verliess Liliane um halb acht Uhr die elterliche Wohnung, um ihre Freundin zu besuchen. Am Dienstag hatte diese bei Liliane während der Arbeit angerufen und gefragt, ob sie Kaffeebohnen aufgefüllt habe. Liliane war so verblüfft gewesen, dass sie automatisch verneint hatte. Gundela hatte darauf mit kurzem Gruss aufgelegt. Erst nachher dämmerte es Liliane, dass Adrian wieder etwas verbockt haben musste.

Liliane hatte sich in der Mittagspause überlegt, wie lange es mit Adrians Zuflucht noch gutgehen konnte. Er war einfach zu tollpatschig, um keine Spuren zu hinterlassen. Dabei meinte er es nur gut.

Sie hatte noch eine Nacht darüber geschlafen und sich ein Vorgehen zurechtgelegt. Sie würde Gundela im Reisebüro abholen und mit ihr entweder in ein Restaurant oder zu ihr nach Hause gehen. Jedenfalls würde Liliane ihr reinen Wein einschenken über Adrians Arbeitslosigkeit und dass er doch tagsüber irgendwo bleiben musste. Das war der heikle Punkt. Sie musste eingestehen, dass Adrian so unter dem Pantoffel stand, dass er seiner Frau alles verschwieg. Das warf leider kein gutes Licht auf Lilianes Liebhaber, liess sich jedoch nicht ändern.

Als sie das Reisebüro betrat, konnte sie ihre Freundin nirgends entdecken.

«Ist Gundela nicht da?», erkundigte sich Liliane bei deren Kollegin.

«Nein, sie hat heute frei», antwortete die junge Frau.

«Aber gestern war doch ihr freier Tag», wunderte sich Liliane.

«Stimmt. Aber sie hat angerufen und auch für heute noch freigenommen.»

Das hatte Liliane nicht gewusst. War Adrian am Vormittag, ohne anzurufen in die Wohnung geplatzt? Dann erübrigte sich das Gespräch. Liliane verliess das Reisebüro, um zum Bahnhof zu gehen.

Als sie an der Bushaltestelle der Linie zum Seequartier vorbeikam, näherte sich gerade ein Bus.

Sie entschloss sich, trotzdem bei der Freundin vorbeizugehen. Vielleicht war Adrian vorsichtig gewesen, dann wusste diese immer noch nicht, wer ihre Wohnung benutzte. Im anderen Fall musste Liliane versuchen die Wogen zu glätten.

Vor der Wohnungstür läutete sie. Niemand öffnete. Auch beim zweiten Mal gab es keine Reaktion. Liliane probierte die Klinke. Es war abgeschlossen. Vielleicht war Gundela ausgegangen. Es musste doch einen Grund geben, weshalb sie frei gemacht hatte. Nun Liliane hatte einen Schlüssel, sie konnte in der Wohnung warten.

Sie schloss auf und trat ein. Ein komischer Geruch empfing sie. Es roch wie in einer Kelterei. Dabei trank Gundela nur gelegentlich ein Gläschen Wein.

Die Küchentüre war geschlossen. War sie in der Küche und hatte das Läuten überhört?

Liliane öffnete und fing an zu schreien. Nur raus aus dieser Wohnung, weg von dem grausigen Anblick. Sie stürzte ins Treppenhaus und konnte sich gerade noch am Geländer auffangen. Dann sank sie auf die Stufen und schrie und schrie.

Das ganze Haus lief zusammen. Zuerst Frau Räber von gegenüber mit ihrem Mann. Die anderen Mieter von oben und unten kamen dazu. Da Liliane die Wohnungstür offen gelassen hatte, sah das Ehepaar Räber hinein und entdeckte die Ursache für den Aufruhr. Schnell zog Herr Räber die Türe zu und rief von der eigenen Wohnung aus die Polizei an. Seine Frau kümmerte sich inzwischen um Liliane und führte sie zu sich hinein. Herr Räber informierte kurz die übrigen Mieter, die geschockt auf der Treppe herumstanden und ungläubig diskutierten.

Bei der Kantonspolizei erfuhr Bachmann vom Kollegen, der Telefondienst hatte, von dem Leichenfund. Er nahm den Streifenwagen und fuhr zu der angegebenen Adresse.

Im Haus bat er die Leute, sich in ihre Wohnungen zu begeben. Sie würden später befragt.

Vor Gundelas Wohnung empfing ihn Herr Räber.

«Ich habe angerufen», sagte er aufgeregt.

«Sie liegt in der Küche. Ich komme aber nicht mehr mit. Den Anblick ertrage ich nicht noch einmal.»

«Welches ist Ihre Wohnung?», fragte Bachmann.

Räber zeigte auf die andere Tür.

«Die Frau, die sie eigentlich gefunden hat, ist auch bei uns. Die hatte einen Schreikrampf. Meine Frau kümmert sich um sie.»

Bachmann nickte.

«Gehen Sie hinüber. Ich melde mich bei Ihnen.»

Er trat durch Gundelas Tür. Zuerst war ausser dem Geruch nichts Aussergewöhnliches. Erst als er in die Küche sah, erkannte er im Dämmerlicht die Tote.

Er machte Licht und nun lag sie vor ihm. Sofort erkannte er, dass es weder ein Unfall noch ein Selbstmord gewesen sein konnte. Er liess das Licht brennen und zog sich ins Wohnzimmer zurück. Mit seinem Handy rief er in der Zentrale an und meldete den Mord.

Polizeileutnant Bruno Hunziker hatte es sich gerade im Sessel vor dem Fernseher bequem gemacht. Heute sollte ein Fussballspiel übertragen werden und das wollte er sehen.

Schlimmes ahnend, griff er zum klingelnden Telefon. Tatsächlich, in der Kleinstadt war ein Mord gemeldet worden. Schweren Herzens verzichtete Hunziker auf den Fernsehsportabend.

Er verständigte seinen Kollegen, Polizeiwachtmeister Reto Küenzler, dass er ihn in einer Viertelstunde abholen würde.

Kurz nach neun Uhr abends trafen sie am Tatort ein. Die Spurensicherung und der Arzt waren auch schon da. Das gab in der Zweieinhalbzimmerwohnung fast ein Gedränge. Im Wohnzimmer kam ihnen Bachmann entgegen.

«Grüss dich Bruno, hallo Herr Küenzler.»

«Hallo Jörg, schön dich zu sehen. Was ist passiert?», fragte Hunziker.

«Weiss ich noch nicht genau. Nur dass eine Frau anscheinend erschlagen wurde. Mit einer Weinflasche.»

Bachmann hatte schon früher mit den Beiden zusammengearbeitet, verstand sich aber besser mit dem etwa gleichaltrigen Hunziker. Da sich aber immer öfters eine gemeinsame Tätigkeit zwischen dem Team und ihm, Bachmann herauskristallisierte, fand er es störend, nur einen zu Duzen. Also entschloss er sich, dem jüngeren auch das Du anzubieten.

Küenzler schaute etwas überrascht drein, nahm aber sofort an.

Hunziker der die Szene beobachtet hatte, brummte befriedigt etwas, das wie ‹na endlich› klang, vor sich hin und wandte sich der Küche zu.

Der Arzt kam gerade heraus.

«Sie ist über vierundzwanzig Stunden tot», sagte er seine Uhr konsultierend.

«Ich schätze irgendwann gestern am früheren Abend, zwischen fünf und acht. Mehrere Schläge gegen den Hinterkopf. Es hat Scherben in der Wunde.»

Dann winkte er zum Abschied und schlüpfte, Platz machend, zur Tür hinaus.

Hunziker zwängte sich in die Küche. Die Leiche lag bäuchlings auf dem Boden und es roch stark nach Wein. Bei genauerem Hinsehen erkannte er, dass eingetrocknete Flüssigkeit auf dem ganzen Küchenboden um die Leiche verteilt war. Er sah nach der zerbrochenen Weinflasche, die knapp neben der Toten lag. Soweit er das Etikett erkennen konnte handelte es sich um Fendant, einen Weisswein. Dann mussten die dunklen Flecken um den Kopf Blut sein.

Die Tote trug einen Hausanzug. Sie hatte sich nicht schick gemacht, wie wenn man einen Herrn zum Besuch erwartete. Trotzdem musste sie eine Flasche Wein dagehabt haben. Oder der Täter hatte ihn mitgebracht.

Hunziker wandte sich an Bachmann.

«Was wissen wir über die Tote?», erkundigte er sich.

«Noch nicht viel. Es scheint sich um die Wohnungsinhaberin Gundela Oberdorfer zu handeln. Eine Freundin hat sie gefunden. Die ist immer noch bei den Nachbarn gegenüber. Sie hatte einen Zusammenbruch.»

Bachmann deutete zur Wohnungstür.

«Ich habe nur kurz mit dem Mann, der uns verständigt hat, gesprochen. Demnach ist die Frau schreiend ins Treppenhaus gelaufen. Er hat nachgesehen und uns angerufen. Übrigens das Licht habe ich eingeschaltet, habe es auch der Spurensicherung schon gemeldet.»

«Gut», entschied Hunziker.

«Sprechen wir mit der Dame. Kannst du mitkommen, du kennst dich besser aus mit den Verhältnissen hier.»

Sie klingelten bei Räbers und Herr Räber öffnete und bat sie herein. Im Wohnzimmer sassen seine Frau und Liliane nebeneinander auf dem Sofa. Vor ihnen standen zwei Teetassen. Liliane sah immer noch sehr mitgenommen aus und hatte auch sichtbar geweint.

Die Beamten setzten sich in die zwei Sessel, während Herr Räber sich an den Esstisch zurückzog.

«Wie heissen Sie und wie standen Sie zu der Toten», erkundigte sich Hunziker bei ihr.

«Liliane Nachbauer. Wir sind Freundinnen seit der Schulzeit», antwortete sie mit zittriger Stimme.

Hunziker nickte verstehend.

«Waren Sie heute verabredet?»

«Nicht direkt».

Liliane zögerte.

«Wir haben gestern telefoniert. Dabei hat Gundela etwas Komisches gesagt und ich dachte, ich spreche mal mit ihr darüber. Ich meine nicht am Telefon, das kann manchmal so unpersönlich sein.»

«Was hat sie denn gesagt», hakte Hunziker nach.

«Sie fragte mich, ob ich Kaffeebohnen in ihrer Maschine nachgefüllt hätte.»

Wäre die Situation nicht so ernst gewesen, hätte Hunziker einen Lachanfall bekommen. Auch Bachmann musste sich zusammenreissen und vermied es zum Kollegen hinzusehen.

«Hat sie einen Grund für die ungewöhnliche Frage genannt?»

Liliane schüttelte den Kopf.

«Sie hat gleich wieder aufgelegt, nachdem ich verneint habe. Ich konnte auch nicht nachfragen.»

Hunziker beobachtete sie.

«Das hat mich beschäftigt und ich wollte mit ihr sprechen», fuhr Liliane nach einer kurzen Pause fort.

«Ich bin ins Reisebüro, in dem sie arbeitet, gegangen, aber sie hatte sich freigenommen. Obwohl sie gestern schon frei hatte.»

Wieder eine kurze Pause.

«Also bin ich hierhergefahren und habe sie gefunden», ergänzte sie schon energischer.

«Wie sind Sie denn reingekommen?»

«Ich habe einen Schlüssel. Gundela verreiste öfters, da habe ich nach den Blumen geschaut.»

Hunziker nickte verstehend.

«Sie haben sich nicht gewundert, dass sie Ihnen nicht aufmachte? Oder haben Sie gar nicht geläutet?»

«Doch, aber ich dachte, weil sie extra frei hatte, sei sie auswärts und ich wollte drinnen warten.»

Wieder nickte Hunziker. Seine feine Antenne meldete ihm eine Unstimmigkeit, aber er konnte sie nicht erkennen.

Bachmann warf einen fragenden Blick zu Hunziker. Er wusste nicht, ob er eingreifen durfte. Dieser senkte zustimmend den Kopf.

«Wieso betonen Sie extra, dass sich ihre Freundin einen weiteren Tag frei nahm?», wollte Bachmann wissen.

«Normalerweise stand Gundela ein Tag pro Woche zu, ohne den Sonntag versteht sich», erklärte Liliane.

«Es war aber nicht immer derselbe Wochentag, die wechseln da ab. Ich nahm einfach an, dass sie nur am Dienstag frei hatte.»

Die Beamten wechselten einen Blick. Beiden kam die ungewöhnliche Bedeutung, die Liliane dem zusätzlichen freien Tag zuordnete, suspekt vor.

«Ihre Freundin wurde mit einer Weinflasche erschlagen», wechselte Hunziker das Thema.

«Hatte sie immer Wein zu Hause?»

Liliane schien erleichtert.

«Sie hat immer, meistens, eine Flasche Wein aufbewahrt, für den Fall, dass Besuch kam. Wir haben dann ein Gläschen zusammen getrunken. Mehr nicht.»

Mit Besuch meinte Liliane offenbar sich selbst.

«Anderen Besuch gab es nicht?»

Hunziker sah bei dieser Frage auch die Räbers an.

«Nein», sagte Liliane schnell.

«Das heisst, wenn sie jemanden kennenlernte, lud sie den natürlich auch ein, aber im Moment war da niemand», korrigierte sie sofort.

Frau Räber hatte schon Luft geholt, um auch einen Beitrag zu leisten, aber Hunziker wollte nicht, dass Liliane deren Aussage hörte.

«Frau Räber», sprach er sie an.

«Könnten Sie mir vielleicht einen Kaffee machen. Ich musste so schnell aufbrechen nach dem Nachtessen, dass es nicht mehr dazu gereicht hat.»

Frau Räber stand dienstbeflissen auf und Hunziker folgte ihr in die Küche.

«Sie scheinen über die Besuche ihrer Nachbarin anderer Ansicht zu sein», forschte er, nachdem er die Tür geschlossen hatte.

«Allerdings», entrüstete sich die Nachbarin.

«In letzter Zeit stand öfter Mal ein Wagen auf dem Besucherparkplatz und am Montag war mit Sicherheit jemand in der Wohnung. Ein Mann», fügte sie bekräftigend hinzu.

Nebenbei richtete sie einen Kaffee her und reichte ihn Hunziker.

«Sie hatte in den letzten Monaten auch mehr Bettwäsche als früher», fuhr sie fort.

«Seit ungefähr einer Woche habe ich auch öfters den Fernseher oder Musik gehört, während sie bei der Arbeit war.»

Sie deutete zum Wohnzimmer.

«Sie war das nicht, da bin ich mir sicher, obwohl Frau Oberdorfer das behauptet hat.»

Hunziker stutzte.

«Wann hat sie das behauptet?»

«Na gestern am Vormittag. Ich traf sie, als sie die Schmutzwäsche runterbrachte. Da habe ich mich beschwert, weil bei ihr am Montag in der Mittagszeit der Staubsauger lief. Es sei ihre Freundin gewesen, aber das war eine Ausrede. Das Auto stand nämlich erneut unten und den Fahrer habe ich auch gesehen. Von wegen Freundin, das war eindeutig ein Mann.»

Bevor Hunziker sie daran hindern konnte, rauschte sie ins Wohnzimmer, ging zum Bücherregal und entnahm einer Klammer einen Zettel. Mit einem mitleidigen Blick auf Liliane kehrte Frau Räber in die Küche zurück und schloss die Tür.

«Das ist die Autonummer», wisperte sie konspirativ und gab ihm das Blatt.

«Ich habe sie mir vorgestern aufgeschrieben. Der arme Tropf da drin hat ja keine Ahnung. Wer will denn schon so ein Pummelchen.»

Hunziker bedankte sich, trank den Kaffee aus und sie begaben sich wieder ins Wohnzimmer.

Dort hatte Bachmann inzwischen Lilianes Personalien aufgenommen und etwas Smalltalk gemacht, wobei er ihren Beruf und Arbeitsplatz herausfand. Auch, dass sie noch bei der Mutter wohnte, hatte sie ihm errötend gestanden.

Sie waren durch Frau Räbers Eindringen unterbrochen worden und hatten seither geschwiegen.

Hunziker nickte Bachmann zu.

«Frau Nachbauer, wissen Sie etwas über die Familienverhältnisse von Frau Oberdorfer? Wen wir verständigen müssen?», wandte sich der Polizeileutnant an Liliane.

«Sie hat keine nahen Verwandten mehr», erzählte Liliane.

«Ihre Mutter hatte einen tödlichen Autounfall, als Gundela im ersten Lehrjahr war. Sie hat dann bei ihrer Tante gewohnt, aber die ist vor ein paar Jahren auch gestorben.»

«Was ist mit dem Vater?»

«Die Eltern waren geschieden, schon lange. Gundela hat ihren Vater kaum gekannt. Keine Ahnung wo der ist.»

«Gut, Frau Nachbauer, ich glaube, wir brauchen Sie heute nicht mehr. Wie kommen Sie jetzt nach Hause?», fragte Hunziker.

«Ich fahre Sie schnell», erbot sich Bachmann.

Liliane nickte dankbar. Sie fühlte sich immer noch schwach.

«Komm nachher wieder her», bat Hunziker leise.

Darauf verabschiedeten sie sich von den Räbers.

Hunziker ging der seltsame Anruf nicht aus dem Kopf.

«Untersuch mal die Kaffeebohnen», sagte er zu einem Techniker und deutete dabei auf die Kaffeemaschine.

Der Kollege sah ihn erstaunt an, holte jedoch stumm eine Tüte und begann die Bohnen aus dem Fach zu schöpfen. Hunziker sah ihm zu. Unvermittelt stoppte der Techniker und legte die Tüte auf die Ablage. Hunziker trat näher. Die Farbe der Bohnen war unterschiedlich.

«Zwei verschiedene Sorten», erläuterte der Kollege.

Er griff zu den Vorratsdosen und verglich die Bohnen.

«In der Dose sind diejenigen die hier unten liegen», stellte er fest.

Hunziker nickte. Dasselbe musste Gundela Oberdorfer ebenfalls bemerkt haben. Darüber hatte sie sich so gewundert, dass sie ihre Freundin angerufen und nachgefragt hatte. Aber warum Liliane? Nur weil die einen Schlüssel hatte?

Plötzlich bereute er, dass er sie schon nach Hause entlassen hatte.

Liliane hatte nicht damit gerechnet, dass Bachmann sie im Streifenwagen nach Hause fuhr.

Zufällig stand auch noch ihre Mutter am Fenster, als sie ausstieg. Liliane lehnte eine Begleitung in die Wohnung ab und Bachmann fuhr davon.

Adelheid Nachbauer empfing sie unter der Tür.

«Was ist denn passiert?», fragte sie besorgt.

«Gundela ist tot», antwortete Liliane müde.

«Grosser Gott», entsetzt schlug ihre Mutter die Hände zusammen.

Lilianes Nerven lagen blank.

«Nun tu nicht so, als ob dir das Leid täte», sagte sie barsch.

«Du warst doch jedes Mal eifersüchtig, wenn ich sie traf», warf sie ihr noch vor.

In Wahrheit hatte sie allerdings Adrian getroffen. Das ging in Zukunft wohl kaum mehr. Keine Gundela, keine Wohnung, keinen Adrian.

Diese Gewissheit machte Liliane nur noch wütender.

«Du bist doch auf jeden eifersüchtig, der sich für mich interessiert», schrie sie.

«Warum glaubst du habe ich keinen Mann? Weil ich immer für dich da sein musste. Weil ich nie jemanden kennenlernen durfte», schloss sie mit Tränen der Wut in den Augen.

Dann liess sie ihre verblüffte Mutter stehen, ging in ihr Zimmer und warf die Tür zu.

Ich wollte, nicht Gundela sondern sie wäre tot, dachte Liliane verbittert.

Küenzler hatte ziemlich erfolglos die Nachbarn befragt. Niemandem war etwas aufgefallen.

Das Ehepaar, das direkt unter Gundela wohnte, war gestern in einem Einkaufszentrum gewesen, wo sie auch zu Abend gegessen hatten. Sie waren erst gegen halb zehn heimgekommen.

Diejenigen die darüber wohnten, erinnerten sich, einmal kurz eine laute Frauenstimme gehört zu haben, hatten aber nicht darauf geachtet. Das war auf jeden Fall vor dem Abendessen gewesen, das sie immer gegen sieben Uhr einnahmen.

Vor Gundelas Tür traf er auf den zurückkehrenden Bachmann.

«Wo kommst du denn jetzt her?», fragte Küenzler.

Bachmann erklärte es ihm.

Sie betraten die Wohnung und fanden Hunziker, eine Plastiktüte Kaffeebohnen betrachtend, auf dem Sofa sitzend.

«Wahrsagen basiert aber auf Kaffeesatz nicht den ganzen Bohnen», lachte Küenzler.

Hunziker nickte.

«Hier liegt der Schlüssel zu dem Fall», erklärte er ernst.

Bachmann erzählte Küenzler von dem Anruf.

Die Beiden setzten sich dazu.

«Es sind verschiedene Sorten. In der Dose ist die dunklere, die lagen auch unten. Darüber sind die helleren. Dazu gibt es keine Packung oder Dose, nur die aus der Maschine», erläuterte Hunziker.

«Frau Oberdorfer ist das auch aufgefallen, deshalb der Anruf», bestätigte Küenzler.

«Aber warum bei Frau Nachbauer?», wunderte sich Bachmann.

«Wir haben sie zu früh weggeschickt», stimmte Hunziker zu.

Ein Techniker brachte einen Ordner auf dem ‹Bank› stand.

«Sie hat ihre Kontoauszüge ordentlich abgelegt, wir nehmen ihn mit», sagte er.

Ein Kollege trat an den Salontisch. Er legte eine Zeitschrift ebenfalls in einer Plastiktüte hin.

«Diese Zeitschrift lag direkt unter der Zeitung vom Montag. Aber sie ist schon über zwei Wochen alt», teilte er mit.

«Deshalb wurde sie wohl weggeworfen», vermutete Küenzler, doch der Techniker schüttelte den Kopf.

«Die Zeitungen liegen in umgekehrter Reihenfolge bis vor ungefähr zehn Tagen. So als ob jemand sie herausgenommen, aufgeschichtet und bei der Zeitschrift aufgehört hätte. Danach wurde der Stapel einfach wieder reingelegt. Wir nehmen sie mal mit und untersuchen sie auf Fingerabdrücke.»

Die Beamten stimmten zu.

«Bis jetzt haben wir keine Schlüssel gefunden. Wenn die Wohnung wirklich verschlossen war, hat der Täter sie mitgenommen», setzte er noch hinzu.

«Als wir kamen, hat der Telefonapparat geblinkt. Ein unbeantworteter Anruf von heute Morgen. Das ist die Nummer.»

Der Techniker legte einen Zettel dazu.

Das brachte Hunziker auf eine Idee.

«Hat die Tote gestern telefoniert?»

«Ja, dreimal, die Nummern findet ihr dann ja auf dem Nachweis.»

«Schreib sie schon mal raus», bat Hunziker.

«Wann fanden die Gespräche statt?»

«Alle am Vormittag, innerhalb einer halben Stunde.»

Nach kurzem hantieren, legte der Techniker die Nummern mit den Anrufzeiten vor.

Bachmann warf kurz einen Blick darauf.

«Die zwei sind hier in der Gegend», wies er auf den Zettel.

Obwohl es schon späterer Abend war, gab Küenzler die erste Nummer ein.

Ein Tonband informierte über die Geschäftszeiten von Lilianes Firma.

Die nächste war das Passbüro. Danach kam Gundelas Reisebüro.

«Aha, sie wollte verreisen», stellte er fest.

«Deshalb wollte sie einen zusätzlichen freien Tag. Sie brauchte ihn für irgendwelche Vorbereitungen.»

«Das scheint aber ein spontaner Entschluss gewesen zu sein», brummte Hunziker.

Bachmann räusperte sich.

«Ich denke, sie bekam es mit der Angst zu tun. Sie stellt fest, dass jemand in der Wohnung war. Vielleicht gab es noch andere Anzeichen als das», begann er auf die Bohnen deutend.

«Sie verdächtigt Frau Nachbauer, die einen Schlüssel hat, bekommt jedoch die wahrscheinlich erwartete Antwort. Ich meine, weshalb sollte diese in die Wohnung kommen und Kaffee mitbringen.»

Hunziker nickte. Dann erzählte er von dem Gespräch mit Frau Räber am Dienstagvormittag.

«Das scheint die Anwesenheit eines ihr Unbekannten in der Wohnung zumindest am Montag zu beweisen. Habt ihr den Halter des Fahrzeugs bekommen?», rief er den Kollegen der Technik zu.

Einer gab ihm einen weiteren Zettel, auf dem Adrians Name und Adresse notiert war.

Bei den Bürgers herrschte Eiseskälte. Adrian verbrachte den ganzen restlichen Tag im Schlafzimmer. Hilde versuchte sich von ihrer Verzweiflung mit dem Fernseher abzulenken, aber bekam von den Sendungen nichts mit.

Immer wieder ging sie hinaus, um erfolglos nach Miezi zu rufen. Einen solchen Moment benutzte er, um sich in der Küche ein Brot zu richten.

Gegen zehn Uhr kam Hilde ins Zimmer.

«Ich will ins Bett», blaffte sie ihn an.

Adrian gab keine Antwort.

«Du kannst im Wohnzimmer schlafen», keifte sie weiter.

Auch gut. Er stand auf, packte Kissen und Decke und schleppte das Bettzeug zum Sofa.

Zuerst wollte er noch fernsehen, verwarf es jedoch.

Seine Gedanken kreisten schon seit Stunden um seine unmögliche Situation. Was sollte er mit seinem Wissen von der Leiche anfangen? Wie sollte er die nächsten Tage verbringen?

Solange Miezi nicht gefunden war, würde Hilde ihn ignorieren. Aber was war, wenn die Katze tot entdeckt wurde? Das, was seine Befreiung sein sollte, erwies sich jetzt als Bumerang.

Es läutete an der Tür. Sicher der Hausmeister.

Noch bevor Adrian sich aus der Decke geschält hatte, stürzte Hilde aus dem Schlafzimmer und riss im Nachthemd die Wohnungstür auf.

Draussen standen zwei fremde Männer und ein Polizist in Uniform.

Hilde begann zu weinen.

«Haben Sie Miezi gefunden? Ist sie tot?»

Bachmann erfasste die Lage sofort.

«Seit wann vermissen Sie Ihre Katze?»

«Seit heute Vormittag. Ich war beim Zahnarzt und mein Mann, der Trottel, hat nicht aufgepasst. Da ist sie durch die Tür entwischt und jetzt finden wir sie nicht mehr.»

Hunziker und Küenzler verfolgten das Melodrama verblüfft, vor allem, dass Bachmann es so ernst nahm. Dieser führte Hilde am Arm in die Wohnung zu einem Sessel und sprach dabei tröstend auf sie ein.

Die Beamten folgten und registrierten das Bettzeug auf dem Sofa und den mit einem Pijama bekleideten Adrian, der wie ein begossener Pudel mitten im Wohnzimmer stand.

Nachdem Bachmann Hilde soweit beruhigt hatte, dass sie nur noch still vor sich hin weinte, stellte er seine Begleiter vor. Das bewirkte augenblicklich ein unverhohlenes Interesse von Hilde.

«Wegen der Katze kommen Sie drei Mann hoch?», fragte sie überrascht, aber auch geschmeichelt. Hunziker, der den schiefhängenden Haussegen sofort erkannt hatte, winkte ab.

«Gibt es einen Raum in dem wir uns ungestört unterhalten können?», wandte er sich an Adrian.

«Wegen Miezi?», fragte dieser, wies aber gleichzeitig auf die Tür von Hildes Arbeitszimmer.

«Oder in der Küche», schlug er als Alternative noch vor.

Hunziker ging zum Arbeitszimmer. Küenzler forderte Adrian mit einer Armbewegung auf, vorzugehen.

«Es geht um eine Zeugenaussage», bemerkte er laut genug, dass Hilde es hörte.

Bachmann hatte sich in den zweiten Sessel gesetzt.

«Ihr Mann könnte ein wichtiger Zeuge sein, bei einem Vorfall der gestern passiert ist», bestätigte er auf Hildes fragenden Blick.

«Ihre Ehe steht wohl nicht zum Besten», stellte er mit einer Geste zum Sofa hin fest.

«Oder ist es nur wegen heute. Weil er Ihre Katze entkommen liess?»

Hilde hatte sich noch nicht viele Gedanken um ihre Ehe gemacht. Sie hatte ja bisher Miezi gehabt. Mit Adrian war sie finanziell versorgt und nach einigen Jahren war doch meistens die Luft raus.

So ähnlich äusserte sie sich auch jetzt.

«Wenn wir wenigstens Kinder hätten, aber wegen ihm geht das nicht», vertraute sie Bachmann an.

«Miezi hat mir deshalb viel bedeutet», setzte sie hinzu.

«Noch steht ja nicht fest, dass ihr etwas passiert ist», versuchte Bachmann zu trösten.

«Dann wäre sie spätestens bei der Dämmerung wieder aufgetaucht», widersprach Hilde.

«Ich habe einfach das Gefühl, dass sie tot sein muss.» Bachmann war nicht sicher, was er glauben sollte. Das für ihn Entscheidende war der Bach. Der war hier ziemlich weit entfernt. Er kannte die Gegend dort nicht so gut, wusste deshalb nicht, ob es auf dieser Seite auch eine Bank gab. Ob überhaupt jemand dort spazieren ging.

Er hatte sich nämlich eine Art Täterprofil geschaffen. Ein Mann, der durch die Gegend schlenderte und, wenn er zufällig einer Katze begegnete, zupackte. Dieses Quartier gehörte eindeutig nicht zu einer solchen Örtlichkeit.

Adrian war unsicher, auf was er sich einstellen sollte. Es musste mit Gundelas Leiche zu tun haben, denn wegen einer Katze tauchten diese Beamten nicht hier auf.

Es gab nur zwei Stühle im Raum, sodass Adrian stehen bleiben wollte, aber Küenzler ging zum Fenster und lehnte sich daneben an die Wand.

«Kennen Sie Gundela Oberdorfer?», begann Hunziker die Befragung.

Unwillkürlich schüttelte Adrian den Kopf. Er war ihr, solange sie lebte, wirklich nie begegnet. Nur von Fotos wusste er, wie sie aussah, denn auch heute hatte er ihr Gesicht nicht gesehen.

«Wir haben einmal miteinander telefoniert», entschloss er sich zur Wahrheit.

«Wann war das denn?»

«Ach das ist lange her, fast ein Jahr, das genaue Datum weiss ich nicht mehr.»

«Trotzdem wissen Sie sofort wer Gundela Obderdorfer ist?»

Hunzikers Stimme klang ungläubig.

Adrian bekam Angst. Er musste vorsichtig sein und er durfte Liliane da nicht reinziehen.

«Warum stand am Montag Ihr Auto den ganzen Tag vor dem Haus, in dem Frau Oberdorfer wohnt?»

Hunziker vermied bewusst die Vergangenheitsform in Bezug auf die Tote.

Adrian überlegte fieberhaft. Offenbar nahmen die Beamten an, dass er mit Gundela ein Verhältnis hatte. Wenn er nur wüsste, wann sie umgebracht worden war. Vielleicht hätte er dann ein Alibi und konnte Liliane in seinen Aussagen einfach mit Gundela vertauschen.

Er beschloss die Flucht nach vorne anzutreten.

«Warum wollen Sie das eigentlich alles wissen?», mimte er den Ahnungslosen.

«Weil Gundela Oberdorfer ermordet wurde», beantwortete Hunziker, die längst fällige Frage.

Adrian sah die Leiche wieder vor sich. Allein die Erinnerung bereitete ihm Übelkeit, sodass er tatsächlich blass wurde.

«Ermordet? Wann denn?»

«Gestern am frühen Abend. Wo waren Sie da?»

«Ich bin um fünf Uhr nach Hause gekommen und nicht mehr weggegangen», antwortete Adrian erleichtert.

Hunziker war enttäuscht. Der Arzt hatte als frühesten Todeszeitpunkt fünf Uhr angegeben. Das war aber nur die erste Schätzung und würde nach der Obduktion noch eingegrenzt und sicher nach hinten verschoben.

Wenn Frau Bürger das bestätigte, war Adrian aus dem Schneider. Bei der augenblicklichen Stimmung war es unwahrscheinlich, dass sie ihm ein falsches Alibi gab.

«Sie haben immer noch nicht gesagt, was Sie am Montag dort gemacht haben?», erinnerte ihn Hunziker.

«Ich hatte frei. Musste Überstunden einziehen. Ich wollte nicht hier sein. Mit meiner Ehe geht es nicht erst seit heute bergab. Darum habe ich gedacht, ich verbringe den Tag in Gundelas Wohnung. Besser als in Restaurants herum zu sitzen. So ein Tag kann verdammt lang sein, wenn man nirgends hin kann», seufzte Adrian.

«Wo arbeiten Sie denn?»

Adrian nannte seine alte Firma. Irgendwie kam sie Hunziker bekannt vor. Er sah auf den Zettel mit den Personalien von Frau Nachbauer. Richtig, sie hatte denselben Arbeitgeber.

«Sie geben also zu, ein Verhältnis mit der Toten gehabt zu haben.»

Adrian nickte.

«Meine Frau weiss nichts davon. Bitte sagen Sie es ihr nicht. Es ist ja jetzt sowieso zu Ende.»

Adrian wurde erst jetzt bewusst, dass das ziemlich sicher auch auf seine Beziehung mit Liliane zutraf. Diese Erkenntnis kam ihm so unvermittelt, dass er in Tränen ausbrach. Er brauchte Liliane so sehr.

Hunziker liess ihm etwas Zeit.

«Haben Sie einen Schlüssel?», erkundigte er sich schliesslich.

Adrian nickte.

«Gundela hat einen machen lassen.»

«Geben Sie ihn mir. Sie können doch nicht in die Wohnung. Die ist jetzt ein Tatort und wird versiegelt.»

Adrian löste den Schlüssel vom Bund.

«Warum haben Sie Gundela nicht informiert, dass sie in der Wohnung waren?»

Adrian überlegte fieberhaft.

«Sie hat es doch gewusst. Ich habe ihr einen Zettel dagelassen», log er schlussendlich.

Das stimmte mit Gundelas Bemerkung zu Frau Räber überein, nur dass die Tote von einer Freundin gesprochen hatte. Das konnte aber eine reine Schutzbehauptung gewesen sein. Ihr Geliebter war verheiratet und das posaunte man nicht gerne hinaus. Ausserdem arbeitete er am selben Ort wie ihre Freundin, ein weiterer Grund Stillschweigen zu bewahren, vor allem dieser gegenüber.

«Kennen Sie eigentlich die Freundin ihrer Geliebten?», fragte Hunziker beiläufig.

Adrian schüttelte schnell den Kopf.

«Sie hat sie mir nie vorgestellt. Ich weiss nicht mal, wie sie heisst.»

Gundela musste wirklich alle Anstrengungen unternommen haben, dass die beiden sich nicht begegneten.

«Haben Sie eine interne Nummer oder wie können wir Sie tagsüber erreichen?»

Adrian gab ihm seine Handynummer.

«Privatgespräche auf dem Firmentelefon werden nicht gerne gesehen», gab er als Begründung an.

Hunziker notierte sie.

«Bei ihrem Aufenthalt in der Wohnung haben Sie nicht zufällig die Kaffeebohnen in der Maschine aufgefüllt?», kehrte Hunziker zum ursprünglichen Thema zurück.

Adrian sah ihn erstaunt an.

«Woher wissen Sie das?», fragte er verblüfft.

Hunzikers Kartenhaus brach gerade total zusammen. Er wechselte einen resignierten Blick mit Küenzler. Der stiess sich vom Fenster ab.

Sie mussten ihren Mörder woanders suchen.

Bevor sie in die Autos stiegen, hielt Hunziker Bachmann nochmals auf.

«Was ist das für eine Geschichte mit der Katze?»

«Den Katzen», korrigierte Bachmann.

«Im Dorf geht ein Katzenmörder um. Drei hat er schon erwischt. Aber Bürgers Katze scheint wirklich nur ausgebüxt zu sein.»

Bachmann stieg lachend in den Streifenwagen.

Die einmal wöchentlich, jeweils Donnerstag erscheinende Gratiszeitung der Region hatte von den Katzenmorden Wind bekommen. Der Artikel erschien auf dem Titelblatt und ausführlicher auf Seite zwei.

Der Reporter hatte mit allen drei Katzenhaltern gesprochen und es erschienen Bilder vom Bach und der Wiese, die ein Tatort war. Die Polizei bat um Mitarbeit der Bevölkerung.

Hilde, die schon am Morgen wieder nach Miezi gerufen hatte, verschlang die Berichte.

Adrian war schon weg gewesen als sie aufstand.

Die Beamten hatten lange mit ihm geredet gestern Abend, aber niemand, auch er nicht, wollte sagen, worum es ging. Männer! Selbst bei polizeilichen Ermittlungen hielten sie zusammen. Nur, dass sie wegen Miezi gekommen waren, hatten alle verneint. Seit sie die Zeitung gelesen hatte, glaubte sie das auch. Mit den beschriebenen Katzenmorden hatte Adrian nichts zu tun.

Er hatte geweint, das war noch deutlich zu sehen gewesen, als er die Polizisten hinausbegleitete.

Vorher wollten sie noch wissen, wann er am Dienstag nach Hause gekommen war. Er war früh da gewesen, kurz vor fünf. Sie hatte noch den Krimi geschaut, der um fünf Uhr zu Ende war und beinahe die Auflösung verpasst, weil er reingeplatzt war.

Adrian hatte aufgeatmet, als sie ihre Aussage machte. Offenbar war das wichtig. Aber weshalb?

Hilde beschloss, einkaufen zu gehen. Sicher würde im ganzen Dorf über die Sache mit den Katzen geredet. Da konnte sie einflechten, dass ihre Miezi auch verschwunden war. Vielleicht hatte sie gar jemand gesehen.

Es war spät geworden gestern, deshalb hatte Hunziker Küenzler zu Hause abgesetzt und war danach gleich heimgefahren.

Er kam am Donnerstag etwas frustriert ins Büro. Am gestrigen Abend hatte es schon nach einem klaren Fall ausgesehen und es tat weh, zuzusehen, wie die vermeintlichen Indizien sich Stück für Stück in Luft auflösten.

An Adrians Alibi war kaum zu rütteln. Seine Frau hatte es so überzeugend vorgetragen, dass es ihm plausibel erschien.

Küenzler wirkte unausgeschlafen, als er eine Viertelstunde später eintrudelte.

«Ich brauche zuerst einen Kaffee. Ob du's glaubst oder nicht: Ich habe von Katzen geträumt», lachte er.

«Die Viecher haben sich gerächt, indem sie Menschen angefallen haben und dann kam doch tatsächlich die Tote ins Bild.»

Küenzler zögerte einen Moment.

«Meinst du ich werde alt?», wollte er wissen.

Hunziker schüttelte den Kopf.

«Höchstens, dass dir die Weindämpfe die Sinne vernebelt haben», beruhigte er.

«Schade, dass dieser Bürger ein Alibi hat. Der hätte super ins Bild gepasst», bedauerte sein Kollege ebenfalls.

Sie waren beim Kaffeeautomaten angelangt und Küenzler warf eine Münze ein und wählte.

Es war einer dieser Automaten, die frisch gemahlenen Kaffee aufbrühten. Prompt ertönte das Geräusch.

Das erinnerte Hunziker an die Kaffeebohnen.

«Ich verstehe nicht weshalb, die Tote nicht ihren Geliebten gefragt hat, sondern ihre Freundin. Es wäre doch logischer gewesen, dass er sich an der Maschine zu schaffen gemacht hat, wenn er schon dort war.»

Küenzler nahm den Becher und machte seinem Kollegen Platz.

«Es war offensichtlich das erste Mal, dass er so etwas gemacht hat. Vielleicht hat sie ihm einfach nicht zugetraut, so zu handeln.»

Hunziker ergriff seinen Becher und sie gingen gemeinsam zurück. Plötzlich kam ihm eine weitere Idee.

«Glaubst du sie hat die Nummern verwechselt?»

Küenzler sah ihn erstaunt an.

«Na ja, beide arbeiten in der gleichen Firma, das heisst die internen Nummern beginnen mit den gleichen Ziffern. Vielleicht hat sie nur die falsche erwischt und auch deshalb so schnell wieder aufgelegt», legte Hunziker seinen Gedankengang offen.

«Könnte sein», gab Küenzler zu.

Die ersten Unterlagen der Spurensicherung lagen auf dem Besprechungstisch. Zuoberst ein Zettel mit dem Hinweis, dass die Gesprächsliste der Telefongesellschaft angefordert sei.

Küenzler griff zum Bankordner, während Hunziker die provisorische Liste der Fingerabdrücke studierte.

Es gab davon drei Sorten. Die der Toten, dann noch solche, die von den Technikern auf Grund der Handgrösse einem Mann zugeordnet wurden und kleinere, wahrscheinlich von einer Frau.

Bachmann sollte sofort Vergleichsobjekte von Liliane Nachbauer und Adrian Bürger einholen.

Hunziker rief in der Kleinstadt an.

«Morgen Jörg, ich habe einen Job für dich», grüsste er Bachmann und erläuterte den Auftrag.

Dieser war etwas erstaunt, als er erfuhr, dass beide am gleichen Ort arbeiteten, das war ihm entgangen, weil er bei Hilde geblieben war.

«Die müssen sich kennen», stimmte er Hunziker zu.

«Richte es nach Möglichkeit so ein, dass die Nachbauer nichts von dem Verhältnis erfährt», bat Hunziker noch.

Er hatte gerne noch ein Ass im Ärmel.

Bachmann fuhr, ohne anzurufen, los. So wie er Liliane einschätzte, war sie heute zur Arbeit gegangen. Bei Bürger war er sich nicht sicher, aber da musste er sowieso tricksen.

Er fragte am Empfang nach Frau Nachbauer, er müsse sie wegen einer Zeugenaussage kurz sprechen.

Liliane kam sofort und er bat sie in den Wagen. Dort nahm er ihre Fingerabdrücke, nachdem er ihr erklärt hatte, dass sie lediglich zu Vergleichszwecken gebraucht wurden.

«Ich habe die bei meinem letzten Besuch bestimmt in der ganzen Wohnung hinterlassen», erzählte sie ihm freimütig.

«Wissen Sie wir haben oft Kleider anprobiert. Ich meine, ich war auch in Gundelas Schlafzimmer.»

Bachmann nickte verstehend.

«Wann sind Sie denn das letzte Mal dagewesen? Ausser gestern», ergänzte er.

«Am Montagabend. Nachdem Gundela von der Arbeit kam. Aber nicht lange, sie war müde und ich bin wieder gegangen.»

Kein Wunder, dachte Bachmann. Vorher der Liebhaber, dann die Freundin. Die Wohnung war ja ein richtiger Taubenschlag. Nur gut, dass die Beiden sich nicht getroffen hatten. Das wäre peinlich gewesen.

Liliane fiel die Weinflasche ein.

«Hm, darf ich Sie etwas fragen?», druckste sie herum.

«Natürlich nur zu», munterte er sie auf.

«Ist die Weinflasche... ist sie damit erschlagen worden?»

Bachmann nickte.

«Sieht so aus, warum?»

«Ich hatte die Flasche am Montag in den Händen. Sie war angebrochen und ich habe Gundela damit aufgezogen, ob sie jetzt heimlich trinke. Es hat aber nicht viel gefehlt, höchstens zwei Gläser. Ich meine, es war Spass.»

Liliane traten die Tränen in die Augen, die sie mit einem tiefen Atemzug niederkämpfte.

«Ich werde das so weitergeben», versprach Bachmann. Dann entliess er sie zurück an die Arbeit.

Er holte sein privates Handy heraus und wählte die offizielle Geschäftsnummer. Die Telefonzentrale meldete sich.

«Hier ist Hunziker», stellte sich Bachmann, seinem Kollegen still Abbitte leistend, vor.

«Könnte ich mit Adrian Bürger sprechen?»

«Tut mir leid, Herr Bürger arbeitet nicht mehr bei uns. Schönen Tag», sprach die Telefonistin und unterbrach das Gespräch.

Das wird Bruno aber sehr interessieren, dachte Bachmann.

Hunziker schwieg einen Augenblick verblüfft, als er die Neuigkeit erfuhr.

«Seit wann nicht mehr?», wollte er dann wissen.

«Keine Ahnung. Ich sollte ja diskret vorgehen», entschuldigte sich Bachmann.

«Da ich vorher schon da war, habe ich deinen Namen benutzt. Ausserdem hatte ich den Eindruck, dass die telefonisch keine Auskunft geben.»

«Okay, versuch es mit seiner Handynummer.»

Hunziker gab sie durch.

Bachmann wählte, bekam aber nur die Mailbox. Ob er bei den Bürgers vorbeifahren sollte?

Zuerst wollte er jedoch ins Büro und die Fingerabdrücke und Lilianes Aussage übermitteln.

Der Hausmeister hatte ziemlich viel Gartenabfall von einer mit Blumen bepflanzten Umrandung. Wegen der daneben liegenden Wiese gab es dort dauernd Unkraut. Ausserdem hatte es Blätter heruntergewirbelt. Der Herbst stand vor der Tür.

Mit seinem grossen Korb näherte er sich seinem Komposthaufen. Er holte schon aus, um den Korb schwungvoll auszuleeren, als er stutzte.

Auf dem Haufen lag etwas Schwarzweisses. Der Hausmeister sah genauer hin. Der Beschreibung nach musste es Miezi sein.

Sie lag mitten auf dem geräumigen Haufen, er konnte sie mit den Armen nicht erreichen. Da er keine Lust hatte, hinaufzusteigen, holte er eine Schaufel. Er entleerte den Korb am Rande und holte die Katze herunter. Sie war schon kalt. Wahrscheinlich war sie schon seit gestern tot.

Der Hausmeister hatte den Artikel auch gelesen und wunderte sich deshalb nicht, dass er keine Verletzung entdeckte. Nun er würde sie Frau Bürger bringen. Sie musste dann entscheiden, ob sie sich bei der Polizei melden wollte.

Hilde kam gerade vom Dorf zurück, als der Hausmeister mit dem Korb um die Ecke bog.

«Ich glaube, ich habe Miezi gefunden.»

An seiner Mimik erkannte Hilde die traurige Wahrheit. Sie stellte die Tasche ab und schlug die Hände vors Gesicht. Ein Schluchzen erschütterte sie. Verlegen stand der Hausmeister daneben und schaute hilflos auf die weinende Frau.

Er wollte ihr den Korb geben, aber sie wehrte ab.

«Was soll ich mit ihr», schluchzte sie.

«Ich will sie nicht tot in der Wohnung», rief sie einer Hysterie nahe.

«Gut dann bringe ich sie zur Kadaversammelstelle», schlug der Hausmeister vor.

«Ja bringen Sie sie weg.»

Hilde hob die Tasche auf und eilte ins Haus.

Erst in der Wohnung erinnerte sie sich an den Aufruf in der Zeitung, dass man weitere Vorfälle melden sollte.

Sie griff zum Telefon und wählte die angegebene Nummer. Hoffentlich konnte sie mit dem netten Polizisten sprechen.

Sie wurde tatsächlich mit Polizeiwachtmeister Bachmann, der gerade eingetreten war, verbunden.

«Miezi ist tot», platzte sie heraus.

«Äh, hier ist Hilde Bürger», ergänzte sie.

Bachmann war überrascht.

«Wo hat man sie gefunden?»

«Weiss ich nicht, der Hausmeister hat sie gebracht. Aber ich habe nicht gefragt. Ich konnte sie nicht mal ansehen.»

Bachmann wurde ärgerlich. Da bat um Unterstützung und dann verlief wieder alles im Sand.

«Haben Sie seine Telefonnummer», bat er und Hilde gab sie ihm.

Es war eine Handy-Nummer, also musste er ihn erreichen können. Sofort rief er dort an.

Als er sich beim Hausmeister mit Dienstgrad vorstellte, atmete dieser erleichtert auf.

«Ich wollte gerade nach Hause gehen und die Nummer in der Zeitung nachschlagen», erklärte er.

«Erst macht Frau Bürger so ein Theater wegen ihrer Miezi und dann will sie nichts mehr damit zu tun haben. Jetzt kann ich den Kadaver entsorgen», beklagte er sich.

«Ich bin in zehn Minuten bei Ihnen. Wo treffe ich Sie?»

Sie verabredeten sich beim Besucherparkplatz.

Als Bachmann sich entschuldigend, weil er sich ein paar Minuten verspätet hatte, eintraf, zeigte ihm der Hausmeister den Kadaver. Keine Verletzung. Bachmann holte einen Plastiksack und sie liessen die Katze hineinfallen. Bachmann würde sie beim Tierarzt Dr. Pabst vorbeibringen und sich die Todesursache bestätigen lassen.

«Wo haben Sie Miezi gefunden?», wollte der Polizist wissen.

Der Hausmeister erklärte es und führte ihn hin.

«Dort mitten auf dem Haufen. Ich hätte sie beinahe zugedeckt mit dem Gartenabfall.»

Bachmann, der etwas grösser war, konnte die kleine Deponie gut überblicken. Sie war mit festen, hölzernen Stellwänden sichtgeschützt.

Hier war jemand am Werk gewesen, der genau gewusst hatte, was sich hinter den Brettern verbarg. Ein Verdacht keimte.

Da er schon hier war, beschloss er, bei den Bürgers vorbeizuschauen.

Hilde öffnete und bat ihn herein.

«Es war wieder der Katzenmörder, nicht wahr?», fragte sie und fing erneut an zu weinen.

Bachmann zuckte die Achseln.

«Ich lasse Miezi noch untersuchen, aber sie scheint keine äusseren Verletzungen zu haben.»

Hilde nickte wissend und schluchzte auf. Sie setzten sich. Dann besann sie sich auf ihre Gastgeberpflichten.

«Möchten Sie einen Kaffee, ein Wasser oder sowas?»

«Nein, danke ich muss auch gleich wieder weg. Ich hätte aber gerne noch mit ihrem Mann gesprochen.»

«Der ist bei der Arbeit», sagte Hilde, ohne zu zögern.

Das kam einerseits ganz automatisch, andererseits so überzeugt, dass sich Bachmann sicher war, dass Hilde das glaubte.

«Wo arbeitet er denn?»

Hilde nannte die Firma, bei der Bachmann vorher gewesen war.

«Ist er schon lange dort?»

«Ja, über zehn, nein zwölf Jahre.»

Was war da vorgefallen, dass Bürger nicht mehr da arbeitete? Hatte er freiwillig gekündigt?

«Gefällt es ihm dort?», erkundigte sich Bachmann beiläufig.

Hilde hob den Kopf und sah ihn an. Sie hatte sich noch nie Gedanken darüber gemacht.

«Ich glaube schon», sagte sie unsicher.

«Am Monatsanfang muss er immer Überstunden machen, aber beklagt hat er sich eigentlich nie», setzte sie hinzu.

Bachmann liess das Thema fallen, bevor Hilde Verdacht schöpfen konnte. Offensichtlich wusste sie über die berufliche Situation ihres Mannes nicht Bescheid.

«Kennen Sie den Komposthaufen dahinten?»

Bachmann deutete die Richtung an.

«Klar», bestätigte Hilde sofort.

«Es wurden Unterschriften gesammelt, damit die Hausverwaltung die Stellwände installierte. Ich bin ja auch für Bio, aber nicht gerade vor meiner Nase», beschwerte sie sich.

«Sie und ihr Mann haben also mit unterschrieben?»

«Ja, seither ist es besser geworden, sogar mit dem Geruch», bejahte sie.

Also hatte Bürger den Ort gekannt.

«Vermisst ihr Mann Miezi ebenso?»

«Adrian? Kaum. Der war immer eifersüchtig auf sie», bestätigte Hilde Bachmanns Verdacht.

War die Katze überhaupt entwischt oder hatte Adrian nur die Gelegenheit benutzt, die ‹Nebenbuhlerin› loszuwerden?

«Von den anderen toten Katzen hat er aber gewusst?», vergewisserte sich Bachmann.

«Natürlich, das ist doch seit Tagen Dorfgespräch. Ich habe es schon am Samstag erfahren und Adrian erzählt. Ich habe ihn noch gebeten, jetzt besonders auf Miezi aufzupassen. Und prompt lässt er sie raus!», empörte sich Hilde wütend.

Bachmann war sich fast sicher, dass Adrian die Katze umgebracht hatte, als Trittbrettfahrer sozusagen.

Küenzler studierte die Kontoauszüge. Es war eigentlich nichts Ungewöhnliches dabei. Gundela Oberholzer hatte ein Sparbuch und das normale Girokonto.

Auf diesem gab es keine ungewöhnlichen Bewegungen. Sie bekam den Lohn überwiesen und die Miete und andere Haushaltrechnungen, gingen monatlich weg. Von Zeit zu Zeit hatte sie Bargeld abgehoben. Sie schaffte es aber, am Monatsende einen unregelmässigen Überschuss zu haben, den sie dann auf das Sparkonto überwies.

Gundela hatte bei den Jahreswechseln ein trennendes Blatt eingeheftet. Küenzler schlug stichprobenartig das Vorjahr auf.

Oh, da war sie gerade so hingekommen. Beim Monat davor auch. Jetzt ging er auf den Januar zurück. Auch dieser war ohne nennenswerten Überschuss. Sie hatte sogar noch vom Sparbuch genommen.

Jetzt verglich er die Details. Die Ausgaben waren in etwa gleich, aber sie hatte mehr Bargeld bezogen.

Küenzler lehnte sich zurück. Sie musste irgendwann angefangen haben zu sparen. Wofür?

Schnell überflog er Monat um Monat. Überall dasselbe Bild. Ungefähr jeder zweite Auszug wies einen Zuschuss vom Sparkonto auf. Nicht viel, ein paar Hundert Franken. Aber sie wäre ohne die im Minus gewesen.

Dann vor elf Monaten hörten die Zuschüsse auf. Vorher hatte sie jede Woche Bargeld bezogen, jetzt nur noch zweimal im Monat. Sie hatte sich also massiv eingeschränkt. Sie musste ein Ziel gehabt haben.

Küenzler schlug den hinteren Teil des Ordners mit dem Sparkonto auf. Er fing beim Januar des Vorjahres an. Die entsprechenden Gegenbuchungen waren verzeichnet. Einzahlungen gab es keine bis wieder vor elf Monaten. Da hatte eine Firma fünfhundert überwiesen.

Diese Transaktion wiederholte sich von da an monatlich und Auszahlungen gab es keine mehr.

Küenzler vermutete, dass es eine Art Rente war, weil der Betrag immer gleich blieb. Andererseits war Gundela noch zu jung für eine Rente. Hatte sie eine Versicherung abgeschlossen, die in Raten ausbezahlt wurde.

Die andere Variante war, dass sie einen Nebenjob angenommen hatte, um den ständigen Engpässen zu entfliehen. Die wurden aber meistens im Stundenlohn bezahlt, was unterschiedliche Beträge bedeutete.

Der Firmenname sagte Küenzler nichts. Als Adresse war ein Postfach angegeben. Er schaute im elektronischen Telefonbuch nach, aber weder in der Kleinstadt noch im ganzen Land gab es einen Eintrag dieses Namens. Nicht einmal im Handelsregister fand er sie.

Trotzdem musste es Geld auf dem Konto geben, sonst wären die Zahlungen längst eingestellt worden.

Im Moment konnte Küenzler das Rätsel nicht lösen. Er brauchte einen Gerichtsbeschluss, um auch nur herausfinden zu können, wer hinter dieser komischen Firma steckte.

Jedenfalls ermöglichte dieses zusätzliche Geld, dass Gundelas Finanzen sich besserten.

Küenzler wollte gerade Hunziker informieren, als er seinen Irrtum erkannte.

Das Geld floss auf das Sparkonto, aber der Engpass war auf dem Girokonto. Dort gab es jedoch keine zusätzlichen Einzahlungen in den letzten elf Monaten, abgesehen vom Weihnachtsgeld, wie Küenzler schnell kontrollierte.

Trotzdem hatte sich die Lage verbessert. Natürlich, das Bargeld. Sie hob deutlich weniger Bargeld ab.

Küenzler schüttelte den Kopf. Diese Tatsache widerstrebte ihm irgendwie.

Okay, sie wollte sparen, das war offensichtlich, aber obwohl sie den Zuschuss bekam, reduzierte sie auch noch die Ausgaben um die Hälfte. Dabei waren diese vorher auch nicht überrissen gewesen. Küenzlers Frau musste ungefähr mit dem gleichen Betrag haushalten und in manchen Monaten schoss er noch etwas zu.

Auch wenn Gundela nur für eine Person einkaufen musste, konnte sie sich mit dem halben Betrag keine grossen Sprünge leisten.

Wie zum Beispiel Wein. Es war kein Spitzenwein gewesen, aber auch keine billige Sorte und dazu eine Flasche zu sieben Deziliter, die waren immer teurer. Für jemand, der sich so einschränkte, war das unlogisch.

Küenzler sah zu Hunziker und hustete, um auf sich aufmerksam zu machen. Prompt hob dieser den Kopf von der Liste, die er studierte und sah hinüber.

«Hast du was gefunden?», fragte er.

Küenzler erklärte es ihm. Hunziker fand das auch sehr seltsam.

Dann deutete er auf seine Liste.

«Alle drei hatten die Flasche mindestens einmal in den Händen. Ausserdem gibt es in der ganzen Wohnung Fingerabdrücke von drei Personen. Im Wohnzimmer, im Schlafzimmer, der Küche und dem Bad, überall verstreut», erläuterte Hunziker.

«Es sieht fast so aus, als ob drei Leute da gelebt hätten.»

Küenzler schaute überrascht auf.

«Könnten die sich die Ausgaben geteilt haben?»

Hunziker zuckte die Schultern.

«Wann, hast du gesagt, fangen die Zahlungen an?»

«Vor elf Monaten.»

«Bürger hat doch zu Beginn ausgesagt, er habe vor etwa einem Jahr mit der Toten telefoniert.»

«Er hat sie monatlich unterstützt!», sagten beide gleichzeitig.

«Okay», fuhr Hunziker fort.

«Sie hat ein Verhältnis mit ihm angefangen und ihn dazu gebracht, ihr einen festen Betrag zu zahlen. Wahrscheinlich hat sie ihm nebenbei noch etwas abgezwackt.»

«Aber die Nachbauer, was hatte die damit zu tun?», wollte Küenzler wissen.

Hunzikers PC zeigte den Eingang eines E-Mails an. Es war von Bachmann und enthielt als Anhang die Fingerabdrücke, die Hunziker sofort an die Spurensicherung weiterleitete. Ein weiterer Anhang zeigte eine kurze Zusammenfassung von Lilianes Aussage.

Die Beamten lasen sie gemeinsam.

«Sieh an», meinte Hunziker.

«Das Pummelchen», er gebrauchte Frau Räbers Ausdruck, «ist also sehr oft bei der Freundin gewesen. Komisch, dass sie dann nichts vom Geliebten gewusst haben wollte.»

«Die Oberdorfer muss mit den Terminen ganz schön jongliert haben, damit die Beiden sich nicht trafen», lachte Küenzler.

«Jetzt fehlen nur noch die Fingerprints des Liebhabers. Hat Bachmann den noch nicht gefunden?», wunderte sich Hunziker.

Polizeiwachtmeister Bachmann setzte etwas andere Prioritäten.

Er wollte für das Gespräch mit Adrian mit Tatsachen aufwarten können. Also platzte er in die Sprechstunde von seinem Jass-Kollegen Dr. Pabst.

Der ahnte nichts Gutes, als er den Plastiksack sah.

«Schon wieder eine?», erkundigte er sich.

Bachmann nickte.

«Das ist Bürgers Miezi», erklärte er und nannte Hildes Name und Adresse.

«Das ist ein neuer Ort, oder wo habt ihr sie gefunden?», fragte der Tierarzt.

«Auf dem Komposthaufen der Überbauung», bestätigte Bachmann.

Dr. Pabst zog erstaunt die Augenbrauen hoch, schwieg aber.

Er untersuchte den Kadaver. Dabei erläuterte er dem Polizisten, woran er erkannte, dass auch diese Katze erwürgt worden war.

«Wieder mit blossen Händen.»

«Nur, dass es diesmal ein Trittbrettfahrer ist», warf Bachmann ein.

«Ich habe nämlich einen Verdacht.»

«Den du mir nicht mitteilst, nehme ich an», vermutete Dr. Pabst.

«Tut mir leid, Balz. Darf ich nicht. Du hast mir aber sehr geholfen. Was mache ich jetzt damit.»

Dr. Pabst erklärte es ihm.

Nachdem Bachmann den Kadaver losgeworden war, versuchte er es ein weiteres Mal auf Bürgers Handy. Diesmal hatte er Glück. Adrian nahm das Gespräch an.

«Wo sind sie gerade?», fragte der Polizist.

«Am See. Ich wollte mal die Mittagspause an der frischen Luft verbringen», sagte Adrian.

Schöne Ausrede, dachte Bachmann.

Ein Blick auf die Uhr zeigte ihm, dass es wirklich schon Zeit fürs Mittagessen war.

«Wir brauchen ihre Fingerabdrücke. Könnten Sie auf dem Polizeiposten vorbeikommen?», erkundigte er sich dennoch.

«Ich kann in der Firma anrufen, dass es später wird», schlug Adrian vor.

Es kam ihm gar nicht so ungelegen, denn er wusste wieder einmal nicht, wie er die Zeit totschlagen sollte. Seit der Erkenntnis, dass sein Alibi standhielt, hatte er nichts mehr gegen die Polizei. Er musste lediglich aufpassen, dass er Liliane raus hielt. Ob diese schon wusste, dass Gundela tot war?

Bachmann hingegen fand Adrian unverfroren. Wollte dieser tatsächlich seine Lügen bezüglich des Arbeitsplatzes durchziehen. Oder hatte er einen neuen?

Unwahrscheinlich, dann wüsste seine Frau Bescheid.

Der Polizist überlegte kurz. Er konnte am Bahnhof schnell ein Sandwich kaufen, das genügte ihm.

«Kommen Sie in einer Viertelstunde», bat er Adrian.

«Kein Problem», antwortete dieser.

Wenn er Glück hatte, bekam er sogar einen Kaffee, hoffte er zumindest.

Bevor Bachmann zum Imbissstand am Bahnhof fuhr, rief er bei Hunziker an.

«Endlich», sagte dieser.

«Wir warten auf die Fingerabdrücke von dem Typen.»

«Musste ihn zuerst finden», erklärte Bachmann, ein bisschen schuldbewusst, weil er seinen eigenen Ermittlungen nachgegangen war.

«Selbst seine Frau glaubt, dass er noch in der früheren Firma arbeitet. Seit mindestens zwölf Jahren übrigens. Aber jetzt habe ich ihn gefunden und er kommt in einer Viertelstunde auf den Polizeiposten. Gibt's was Neues?»

«Jemand hat die Oberdorfer finanziell unterstützt und wir vermuten, dass er es war», informierte ihn Hunziker.

«Kannst du ihn festhalten, bis wir da sind?»

Bachmann wusste, dass er Adrian nicht zu dem Mord befragen durfte, aber er hatte genug andere Fragen.

«Kein Problem», versicherte er deshalb.

Küenzler erbot sich, für Verpflegung zu sorgen.

Hunziker rief bei der Spurensicherung an.

«Die Fingerabdrücke der Frau stimmen mit denen in der Wohnung überein», gab der Techniker bekannt.

«Die Liste der Telefongespräche sind eingetroffen. Ich lege sie dir auf den Tisch.»

Hunziker wollte sie jedoch mitnehmen.

«Wir sind gleich ausser Haus», erklärte er deshalb.

«Ich hole sie auf dem Weg nach unten ab.»

Dann rief er beim Gerichtsmediziner an. Dieser hatte die Obduktion schon fertig.

«Der Todeszeitpunkt ist später, als ich gestern sagte. Etwa achtzehn Uhr», korrigierte er.

«Die Wunde am Hinterkopf ist die Todesursache. Ich konnte aber verschiedene Schläge feststellen. Zuerst wurde sie mit der ganzen Flasche geschlagen. Erst später kamen dann Splitter der Flasche in die Wunden. Die haben auch die Haut aufgerissen. Am Anfang gab es ‹nur› eine Beule. Da hat sie mit Sicherheit noch gelebt. Vielleicht wurde sie aber bewusstlos. Jedenfalls ist sie hingestürzt. Die späteren Schläge mit der kaputten Flasche, wurden auch aus einem anderen Winkel geführt. Da lag sie schon am Boden. Vorne gibt es auch keinen Wein, nur an der Seite und auf dem Rücken.»

«Wieviel Zeit lag zwischen den unterschiedlichen Schlägen?»

«Höchstens ein paar Minuten. Sie können aber auch unmittelbar darauf erfolgt sein.»

Der Arzt schwieg kurz und Hunziker hörte Papier rascheln.

«Sonst noch was?»

«Sie hat keinen Alkohol im Blut. Von dem Wein hat sie in den letzten Stunden auf keinen Fall getrunken», ergänzte der Gerichtsmediziner.

«Sie hatte übrigens schon länger keinen Sex mehr», fügte er hinzu.

Hunziker war verblüfft.

«Wie lange?», fragte er automatisch.

Der Arzt lachte.

«Kann ich dir leider nicht sagen. Ein paar Tage mindestens.»

«Am Montag hat sie ihren Geliebten getroffen. Hatten sie da keinen Sex oder ist das schon zu lange her?», wollte Hunziker wissen.

«Höchstens oral», meinte der Gerichtsmediziner ernst.

«Am Körper finden sich keine Spuren. Nach nur vierundzwanzig Stunden würde man das noch sehen. Ausserdem war sie gerade am Ende der Menstruation. Vielleicht deshalb. Schwanger war sie folglich auch nicht.»

Sonst gab es nichts zu berichten. Gundela Oberdorfer war eine gesunde, junge Frau gewesen.

Küenzler trudelte mit den Broten ein.

«Wie müssen noch bei der Spurensicherung vorbei», informierte ihn Hunziker.

Auf dem Weg dahin, erzählte er, was der Gerichtsmediziner gefunden hatte.

Der Techniker streckte ihm die Listen hin.

«Sag mal…», begann Hunziker stehenbleibend, «… könnt ihr feststellen, wie die Flasche kaputt ging.»

Der Techniker nickte. Er nahm ein Foto, das in Gundelas Küche aufgenommen worden war, zur Hand.

«Hier ist die Spüle, mit dem Törchen zum Kehrrichtsack», erläuterte er.

«Über diesem Rand wurde die Flasche zerschlagen. Der Flaschenboden und einige kleinen Splitter sind ins Becken gefallen, andere auf den Küchenboden oder wurden weggespickt. Hier ist der Wein runtergelaufen, aber nicht sehr viel, denn die Flasche wurde gleich wieder hochgehoben und hat den Rest des Weines erst beim nächsten Schlag auf der Toten verspritzt. Das ging alles sehr schnell und mit ziemlicher Wucht. Der Flaschenhals wurde danach mit einem Küchentuch abgewischt und hingeworfen.»

Hunziker sah ihn erstaunt an.

«Ich denke, ihr habt Finderabdrücke gefunden», stellte er fest.

«Ja in diesem zackigen Teil und am unteren Teil der im Becken lag», bestätigte der Techniker.

Hunziker drehte sich um und wollte gehen.

«Noch etwas», rief ihm der Techniker nach.

«Die Zeitschrift, vor allem die Seiten mit den Rätseln hat der Mann zuletzt angefasst.»

Nachdem, was er inzwischen wusste, war Hunziker darüber nicht mehr überrascht.

Aber dann fiel ihm doch noch etwas ein und er blieb stehen.

«Habt Ihr in der Wohnung einen Zettel gefunden, auf dem ihr Liebhaber ihr mitgeteilt hat, dass er am Montag in der Wohnung war?»

Der Techniker schüttelte verneinend den Kopf.

«Den hätten wir bestimmt zu den Beweismitteln genommen. Allerdings muss sie am Todestag den Müll rausgebracht haben, denn der Papierkorb war leer und fast nichts im Abfallsack der Küche.»

Hunziker bedankte sich und ging mit Küenzler hinaus.

Adrian war inzwischen auf dem Polizeiposten eingetroffen und von Bachmann in ein Verhörzimmer geführt worden. Dort wurden ihm zuerst die Fingerabdrücke genommen, wobei Bachmann extra umständlich vorging, um Zeit zu schinden.

«Ich muss die schnell zu den Kollegen schicken. Dauert einen Moment. Möchten Sie etwas trinken? Einen Kaffee vielleicht?»

Adrian war hocherfreut.

«Gerne mit Milch und einem Zucker», sagte er.

Bachmann ging hinaus und brachte das gewünschte.

Adrian machte es sich gemütlich, soweit das auf dem schlichten Stuhl möglich war.

Nach etwa fünf Minuten kam Bachmann zurück.

«Wo waren Sie denn am See?», erkundigte er sich beiläufig.

Adrian erklärte ihm die Lage des Parkplatzes, den er schon ständig benutzte.

Bachmann nickte und sagte, der sei ihm bekannt.

«Ist Ihre Miezi wieder aufgetaucht?», wollte er dann wissen und hoffte, dass Hilde noch nicht mit Adrian gesprochen hatte.

Dieser zuckte die Achseln.

«Nein, bis jetzt nicht», sprach er mit gleichgültiger Stimme.

«Geht Ihnen nicht so nahe, wie Ihrer Frau», stellte Bachmann fest.

Adrian warf ihm einen Blick zu.

«Es war Hildes Katze», meinte er nüchtern, automatisch die Vergangenheit benützend.

«Ich bin ja den ganzen Tag ausser Haus, da gewöhnt man sich nicht so sehr an ein Tier.»

Bachmann nickte verstehend.

«Ja die Frauen, die brauchen so etwas, das sie ein bisschen hätscheln und verwöhnen können, vor allem, wenn keine Kinder da sind.»

Adrian runzelte misstrauisch die Stirn.

«Hat Hilde sich beklagt? Gestern, als ich mit Ihren Kollegen im Arbeitszimmer war?», fragte er schon aggressiver.

«Nein, nein», schüttelte der Polizist beruhigend den Kopf.

«Sie sagte nur, dass die Katze ihr viel bedeutet, weil sie keine Kinder hätten», gab er Hildes Meinung wieder.

Adrian seufzte. Er nahm den letzten Schluck Kaffee.

«Ich hatte Mumps. Ich bin zeugungsunfähig», gestand er schliesslich.

«Kann ich da was dafür», schrie er plötzlich.

«Jahrelang wird man mit Vorwürfen eingedeckt. Demonstrativ wird einem die Katze vorgezogen», brach es aus ihm heraus.

«Und man kann sich nicht wehren, weil man doch schuld ist», schloss er fast tonlos.

«Da bringt man dann eben Miezi um, wo die Gelegenheit so günstig ist», stellte Bachmann nüchtern fest.

Adrian nickte unwillkürlich. Dann sah er erschrocken auf.

«Nein, nein, das war ich nicht», beteuerte er sofort.

«Doch das waren Sie», warf ihm Bachmann vor.

«Sie haben Miezi in der Wohnung getötet. Die wäre Ihnen nie entwischt, dazu hatten Sie viel zu viel Angst vor den Folgen. Als sie tot war, mussten Sie sie irgendwie entsorgen und haben sie auf den Komposthaufen geworfen.»

Dass der Polizist davon wusste, gab Adrian den Rest. Schluchzend brach er über dem Tisch zusammen.

Bachmann brachte die Kaffeetasse in Sicherheit und liess ihm etwas Zeit.

Endlich erholte sich Adrian und richtete sich wieder auf.

«Weiss Hilde, dass ich es war?», fragte er ängstlich.

«Noch nicht», antwortete der Polizist.

«Sie hat heute bei mir angerufen und gemeldet, dass Miezi tot aufgefunden wurde, aber offiziell Anzeige erstattet hat sie nicht. Es war Ihre Katze. Theoretisch können Sie mit Ihr machen, was Sie wollen. Wir könnten Sie höchstens wegen Tierquälerei belangen.»

Plötzlich wurde Adrian bewusst, dass Bachmann nur von Miezi sprach. Die anderen Katzen wurden nicht erwähnt. Was hatte der Polizist vorhin mit der Gelegenheit gemeint? Der vermutet wohl, ich habe den Katzenmörder nachgeahmt, dachte Adrian.

Er war erleichtert.

«Heisst das, dass ich jetzt gehen kann?»

Ein Kollege Bachmanns streckte den Kopf durch die Tür.

«Hunziker und Küenzler sind da!»

Bachmann begrüsste die Kollegen aus der Stadt und führte sie in sein Büro.

«Ich hoffe, ich bin euch nicht ins Gehege gekommen», begann er.

«Ich habe Bürger schon mal befragt, nicht zu dem Mord», versicherte er schnell, als er Küenzlers Reaktion sah.

«Er hat die Katze umgebracht. Seine eigene, nicht die übrigen im Dorf», erzählte er.

«Diejenige, die verschwunden war?», fragte Hunziker. Bachmann nickte.

«Hat sich ziemlich dilettantisch angestellt, indem er sie auf den Abfallhaufen des Hausmeisters warf. Hatte ihn sofort in Verdacht.»

«Vom Katzenmord zum Mord an einer Geliebten ist ein kleiner Schritt», brummte Küenzler, aber die beiden älteren Kollegen schüttelten den Kopf.

«Er hat ein Alibi», gab Hunziker zu bedenken.

«Jetzt erst recht, weil sich die Tatzeit nach hinten verschoben hat.»

«Was wäre das Motiv?», fragte Bachmann, bekam aber keine Antwort.

Dafür setzte ihn Hunziker kurz über die Erkenntnisse der Gerichtsmedizin und der Spurensicherung ins Bild.

Er rief bei letzterer an und erhielt die Bestätigung, dass der dritte Satz der Fingerabdrücke zu Adrian gehörte.

Hunziker und Küenzler betraten das Verhörzimmer, während Bachmann sich hinter die verspiegelte Scheibe begab.

Adrian war nicht sonderlich überrascht, die beiden Beamten zu sehen.

«Es gibt noch ein paar Unklarheiten», eröffnete Hunziker die Befragung.

«In ihrer Firma haben wir Sie nicht erreicht.»

«Ich bin in der Mittagszeit zum See gefahren», erklärte Adrian.

«Morgens um halb zehn», warf Küenzler ein.

«So lange kann ich nicht Pause machen.»

«Vielleicht war ich gerade auf dem Klo», sagte Adrian lahm.

«Jetzt hören Sie endlich auf, uns etwas vorzuspielen», rief Hunziker ärgerlich.

«Sie arbeiten nicht mehr da.»

Adrian sackte zusammen.

«Wissen Sie, wie das ist, nach über zwölf Jahren rausgeworfen zu werden. Nur weil ein Kollege gegen einem intrigiert.»

«Ihnen wurden also gekündigt?»

«Ja, ich stand von einem Moment auf den anderen auf der Strasse», beschwerte sich Adrian.

«Dazu muss es aber einen Grund geben», bemerkte Küenzler.

«Eine Bagatelle. Mir ist ein Fehler unterlaufen, aber den habe ich inzwischen korrigiert. Die Firma ist nicht zu Schaden gekommen», versicherte Adrian.

«Hat das mit einer anderen Firma zu tun», fragte der Polizeiwachtmeister und nannte die Pseudofirma.

Adrian erschrak. Er dachte, dass die Beamten bei seinem alten Arbeitgeber Erkundigungen eingezogen hätten.

«Wieso fragen Sie, wenn Sie schon alles wissen», warf er den Beamten vor.

«Weil wir Ihre Version hören wollen», beschwichtigte Hunziker.

Adrian überlegte. Er durfte nicht zugeben, dass er von Gundela gewissermassen erpresst worden war. Denn eigentlich lief es genau darauf hinaus. Damit würde er aber wieder verdächtig.

«Eine Geliebte kostet eben Geld», bewegte er sich am Rand der Wahrheit.

«Ich habe alles zurückgezahlt, es war ja nicht so viel, aber sie wollten mich trotzdem nicht behalten.»

Hunziker runzelte die Stirne.

«Das verstehe ich jetzt aber nicht. Sie hatten das Geld und haben trotzdem Ihre Firma bestohlen.»

«Nicht gestohlen, nur geliehen», berichtigte Adrian.

«Hilde durfte doch nichts merken. Wenn jeden Monat zirka fünfhundert auf dem Konto gefehlt hätten, wäre es ihr aufgefallen. Sie hat schon beim ersten Mal, als ich noch bar eingezahlt habe, ein Riesentheater gemacht.»

«Aber jetzt merkt sie es doch auch», warf Küenzler ein.

Adrian nickte bekümmert.

«Aber erst am Jahresende, vorher kommt da kein Kontoauszug. Ich habe nämlich den Betrag vom Sparbuch genommen», sagte er beinahe Stolz über die Lösung.

«Letztes Jahr konnte ich das nicht. Ich meine, dann wäre es schon im Januar mit … mit Gundela aus gewesen.»

Beinahe hätte er sich verplappert. Er musste verdammt aufpassen, was er aussagte.

Hunziker schmunzelte. Wie hatte Bachmann Adrian genannt? Dilettantisch!

«So lange wollen Sie es Ihrer Frau verschweigen?»

«Nur bis ich eine neue Stelle habe», erklärte dieser optimistisch.

«Wird nicht so leicht sein in Ihrem Alter und der Vorgeschichte», jagte ihm Küenzler einen weiteren Schreck ein.

Plötzlich wurde Adrian bewusst, dass er über eine Woche vertan hatte, ohne sich um etwas Neues zu kümmern. Nicht einmal die Inserate hatte er studiert. Das mit dem Alter hatte er bisher auch noch nicht bedacht, war aber ein wichtiger Punkt.

«Wieso haben Sie Frau Oberdorfer eigentlich regelmässig Geld überwiesen», fragte Küenzler.

Adrian sah erstaunt auf. Das konnten die Beamten nicht von der Firma wissen. Denen hatte er den Verwendungszweck verschwiegen.

Der Bankordner. Adrian erinnerte sich, einen solchen Ordner im Büchergestell gesehen zu haben. Klar, dass die sich die Finanzen der Ermordeten ansahen.

«Sie kam mit der Miete nicht klar», gab er zerknirscht zu.

«Sie bat mich, ihr dabei zu helfen und es war ja eigentlich nicht viel.»

«Ich nehme an, Gundela wusste auch noch nichts davon, dass auch diese ‹Kleinigkeit› wegfallen würde», mutmasste Hunziker.

Adrian stimmte nickend zu.

«Oder gab es Streit darüber? Am Montag vielleicht?», forschte Hunziker.

«Da habe ich sie ja gar nicht gesehen», platzte Adrian raus und erkannte sofort den Fehler.

«Ich musste doch abends zu Hause sein, wegen Hilde», begann er herum zu stottern.

«Deswegen habe ich eben den Zettel hingelegt.»

«Auf dem Sie die Überstunden, als Grund, angaben», erinnerte sich Hunziker.

«Warum sind Sie nicht einfach zu Hause geblieben. Mit derselben Ausrede?»

Weil ich abends Liliane treffen wollte, dachte Adrian.

«Ich wollte nach dem Wochenende nicht auch noch den Montag zu Hause verbringen», redete er sich heraus.

Damit war eigentlich alles geklärt.

«Wir suchen immer noch nach Angehörigen, die wir verständigen müssen», fiel Hunziker noch ein.

«Über Verwandte und Familie hat Gundela nie gesprochen», sagte Adrian.

Welche Überraschung, dachte der Polizist.

Damit war die Befragung letztlich beendet. Die Katzenmorde waren Bachmanns Sache.

Dieser stiess zu ihnen, als die Beamten sich erhoben.

Adrian wollte auch aufstehen, aber Hunziker winkte ab.

«Sie haben ja jede Menge Zeit. Ich wäre froh, wenn Sie noch etwas hierblieben, falls weitere Fragen auftauchen. Haben Sie schon etwas gegessen?»

Adrian nickte und setzte sich wieder, nahm jedoch das Angebot eines weiteren Kaffees an.

In Bachmanns Büro tranken die Beamten ebenfalls Kaffee. Dabei studierte Küenzler die Telefonliste. Viele Gespräche wies diese nicht auf.

Ausser dem Mittwoch, erschien Adrians Handy-Nummer auf dem Festnetz nur zweimal. Am Donnerstag als unbeantwortet und das Gespräch vom letzten Freitagvormittag.

Auf Gundelas Handy hatte er nie angerufen.

Der Techniker hatte noch eine Liste der eingespeicherten Nummern beider Apparate beigelegt. Auch dort gab es jedoch keinen entsprechenden Eintrag.

Unter ‹Liliane› waren zwei Nummern verzeichnet. Eine identifizierte Bachmann als örtliche und checkte sie, indem er unter Nachbauer suchte. Sie gehörte Adelheid Nachbauer. Das musste Lilianes Mutter sein, bei der sie ja wohnte. Jedenfalls stimmte die Adresse mit derjenigen von Liliane überein.

Die zweite war diejenige ihres Arbeitsplatzes, die auch bei den drei Gesprächen am Todestag auftauchte.

Es gab keine andere Nummer, die mit den gleichen Ziffern anfing. Adrians interne Büronummer war nirgends hinterlegt.

«Gerade viel scheinen die Beiden nicht miteinander telefoniert zu haben?», brummte Küenzler.

«Sie konnten sich ja in der Wohnung unterhalten und sich neu verabreden. Sehr spontan waren diese Zusammenkünfte offenbar nicht», lachte Hunziker.

«Also mit ihrer Freundin hat sie auch nicht gerade häufig telefoniert», stellte Küenzler nach weiteren Vergleichen fest.

«So ein, zwei Mal im Monat, wobei die Freundin anrief. Nur zweimal rief Gundela an, am Donnerstag vergangene Woche und gestern.»

«Die traf sie ja ebenfalls persönlich», erklärte Bachmann.

«So wie sie es sagte, hatte ich den Eindruck, sie war oft in der Wohnung.»

Unten an der Gesprächsliste vom Festnetz war noch etwas von Hand hin gekritzelt.

Vergesst den unbeantworteten Anruf nicht, hatte der Techniker geschrieben und einen Pfeil auf die Nummer von Adrians Handy hinzugefügt. Diese erschien auch in der Woche davor.

«Verstehe ich das jetzt richtig», erkundigte sich Bachmann.

«Es gibt keine Telefongespräche zwischen dem Liebespaar bis letzten Donnerstag und Freitag. Gestern ruft er wieder an, aber sie kann nicht abnehmen, weil sie tot ist. Woher das plötzliche Bedürfnis zu reden?»

«Am Freitag, war das Gespräch sehr kurz», bemerkte Küenzler.

«Nur ein paar Sekunden.»

«Fragen wir ihn», sagte Hunziker aufstehend.

Adrian hatte seinen Kaffee ausgetrunken und sah den Beamten erwartungsvoll entgegen.

«Es geht um Ihre Telefonate», sagte Hunziker einleitend.

«Wie oft haben Sie mit Frau Oberdorfer gesprochen?»

«Wir haben nie telefoniert. Wir haben den nächsten Termin immer am Ende eines Treffens festgelegt. Es gab keinen Grund, uns dazwischen zu sprechen.»

Adrian fand selbst, dass das nicht sehr nach grosser Liebe und Sehnsucht tönte.

«Letzten Donnerstag und am Freitag haben Sie aber bei Gundela angerufen».

Küenzler tippte auf den Nachweis.

Die Kontrollanrufe, schoss es Adrian durch den Kopf. Die waren von der Telefongesellschaft registriert worden.

«Am Donnerstag wollte ich in die Wohnung», antwortete er wahrheitsgemäss.

«Ich wusste nicht, wann Gundela frei hatte, deshalb rief ich an. Sie war aber nicht da und ich ging hin.»

«Waren Sie auch am Freitag in der Wohnung?»

Adrian suchte verzweifelt nach einem Ausweg.

«Nein, der Mut verliess mich, weil sie abnahm», gestand er schliesslich.

«Ich wusste nicht, wie ich ihr das erklären sollte, auch wegen dem Geld.»

«Am Montag haben Sie jedoch nicht angerufen?», bohrte Küenzler weiter.

«Doch, aber ich habe den Anruf gelöscht. Das Telefon blinkte.»

In diesem Moment wusste Adrian was er gestern in der Wohnung vergessen hatte. Er stöhnte auf.

«Der Anruf erscheint aber nicht auf der Liste», informierte ihn Küenzler.

Verwirrt schüttelte Adrian den Kopf.

«Stimmt, das war ja letzte Woche», korrigierte er sich.

«Seit wann benutzen Sie die Wohnung tagsüber», fragte Hunziker sanft.

«Seit Donnerstag», gab Adrian zu.

«Dann am Montag, da bin ich einfach hingegangen und ... », er zögerte und beschloss ins kalte Wasser zu springen.

«... gestern.»

Er atmete tief ein.

«Gestern bin ich natürlich nicht geblieben. Ich habe sie gesehen, als ich die Küchentür aufgemacht habe. Dann habe ich Panik bekommen. Ich habe vergessen den Anruf zu löschen, nicht wahr?»

Die Beamten nickten.

«Warum nicht am Dienstag?», fragte Hunziker unvermittelt.

«Da wusste ich, dass Gundela frei hatte», sagte Adrian bestimmt.

«Woher? Am Freitag wussten Sie es doch auch nicht?»

Liliane hat es gesagt, dachte er.

Adrian kamen die Tränen. Immer, wenn er dachte, sich auf festem Boden zu befinden, sank er ins nächste Schlamassel.

Halt Liliane da raus, war sein einziger Gedanke. Sag etwas, das plausibel klingt.

«Ich habe ein Notizblatt gefunden, auf dem Gundela sich etwas aufgeschrieben hatte. Daraus ging hervor, dass sie am Dienstag frei hatte. Ich habe dann den Tag von Anfang an anders verplant.»

Er schilderte, welche Orte er aufgesucht hatte. Von einem hatte er sogar noch den Parkschein.

«Deshalb war ich auch so früh zu Hause.»

Schon wieder ein Zettel, dachte Hunziker. Als hätten sie nur schriftlich miteinander verkehrt. Irgendetwas setzte sich in seinem Hinterkopf fest, aber er konnte es nicht sehen.

«Warum haben Sie nicht die Polizei verständigt?», blaffte Küenzler und lenkte damit auch Hunzikers Aufmerksamkeit ab.

«Wie hätte das denn ausgesehen? Ich ahnte ja nicht, dass sie so schnell dahinterkommen, dass ich Gundela kenne, äh, kannte und wie ich zu ihr stand», rechtfertigte sich Adrian.

«Der Liebhaber ist doch immer verdächtig», fügte er noch hinzu.

Da erinnerte sich Hunziker an Lilianes Aussage, dass Gundela auch am Mittwoch freigenommen hatte. Erst wollte er Adrian fragen, verwarf es aber, denn der wäre sicher nicht in der Wohnung aufgetaucht, wenn er seine Geliebte dort vermutet hätte.

«Wann wäre eigentlich das nächste reguläre Treffen gewesen?», fragte er stattdessen.

«Erst in vierzehn Tagen», seufzte Adrian.

Dann erschien ihm das selber etwas lang. Aber dazu kam ihm eine hieb und stichfeste Idee.

«Es wäre Anfang letzter Woche gewesen, am Dienstag, aber als ich merkte, dass in der Firma etwas nicht stimmte, habe ich Gundela abgesagt. Ich habe sie vom Büro aus im Reisebüro angerufen», sagte er fast triumphierend. Das würden sie sicher nicht nachprüfen können. Mit Geschäftstelefonen ging das nicht so leicht.

Hunziker nickte nur, ihn stumm betrachtend.

Die Beamten machten wieder Pause. Adrian hatte gebeten, auf die Toilette zu dürfen und Bachmann hatte ihn hin und wieder zurückgebracht.

Jetzt sassen die Polizisten im Büro des Wachtmeisters.

«Irgendetwas haben wir übersehen», murmelte Hunziker.

«Hältst du ihn wegen dem Katzenmord fest?», erkundigte sich Küenzler bei Bachmann.

Dieser schüttelte den Kopf.

«Wir müssen im Reisebüro nachfragen und nochmals mit dieser Freundin reden», beschloss Hunziker, der nicht auf die Kollegen geachtet hatte.

«Und er, muss er bleiben?», wollte Bachmann mit einem Blick auf die Uhr wissen.

«Er ist mit Sicherheit nicht der Mörder, lass ihn nach Hause gehen», bestimmte Hunziker.

Er betrat mit Küenzler das Reisebüro. Im Moment war nur eine Kundin anwesend. Sie wandten sich dem einzigen Schreibtisch, der mit einem Mann besetzt war, zu.

«Sind Sie der Chef hier?», fragte Hunziker.

Der Mann nickte. Der Polizeileutnant stellte sich und Küenzler vor.

«Es geht um Gundela Oberdorfer», erklärte Hunziker.

«Sie ist heute nicht da», antwortete ihr Chef.

«Sie wurde ermordet», erklärte der Beamte.

«Das ist ja schrecklich», entfuhr es dem Mann.

«Tut mir leid, dass sie das erst jetzt erfahren. Wir sind mitten in den Ermittlungen», entschuldigte sich Hunziker.

«Stimmt es, dass Gundela gestern ausserplanmässig frei genommen hat?»

Der Chef winkte der Kollegin, mit der auch Liliane Kontakt hatte.

«Melanie, kommst du mal.»

«Die Herren sind von der Polizei», sagte er, als sie dazukam.

«Du hast doch mit Gundela wegen gestern gesprochen?»

Die junge Frau nickte.

«Ja, sie hat am späten Dienstagvormittag angerufen. Du warst gerade besetzt», wandte sie sich an ihren Chef.

«Sie müsse unbedingt in die Stadt ins Passbüro. Sie mache am Mittwoch ebenfalls noch frei. Aber heute ist sie auch nicht erschienen», setzte sie etwas ärgerlich hinzu.

«Gundela ist tot», sagte der Chef leise.

Die Frau wurde blass und setzte sich auf einen Besucherstuhl.

«Tut mir leid, das wusste ich nicht. Ein Unfall?»

«Mord», sagte Küenzler.

«In der Stadt? Wie schrecklich.»

«In ihrer Wohnung», erklärte der Polizeiwachtmeister mitfühlend.

Zu jungen, hübschen Damen war Küenzler, obwohl glücklich verheiratet, immer nett.

Deshalb beschloss Hunziker, die Befragung weiterzuführen.

«Was war denn mit ihrem Pass?»

«Das hat sie nicht gesagt, aber es schien eilig zu sein. Das hat mich noch gewundert», wandte sich Melanie an Hunziker.

«Wir sind eigentlich immer ordentlich mit unseren Pässen. Wir verreisen ja viel, wissen Sie.»

«Wohin wollte sie denn verreisen?»

«Keine Ahnung, sie hat nur vom Pass geredet.»

«Am Samstag hat sie mich gefragt, ob ich mich mit Arbeitsvisa in Neuseeland auskenne», mischte sich der Chef ein.

«Aber, ob das etwas damit zu tun hat, keine Ahnung.»

«Wann hatte sie denn letzte Woche frei?», erkundigte sich Hunziker.

«Am Freitag, die Tage wechseln bei uns. Diese Woche am Dienstag und nächste Woche wäre der Mittwoch dran gewesen.»

«Nie zweimal pro Woche?», fragte Hunziker nach.

«Nein, eigentlich nicht, ausser es gab einen bestimmten Anlass. Aber da wir hier flexibel sind, kann man seine freien Tage von Anfang an so legen, wie es einem am besten passt.»

«Wurde letzte Woche etwas verschoben? Vom Dienstag auf den Freitag?»

Beide schüttelten den Kopf.

«Okay, das wär's dann schon.»

Hunziker erhob sich.

«Gestern Abend hat eine Frau nach ihr gefragt», sagte Melanie rasch.

«Ich weiss, dass es eine Bekannte von Gundela ist, kenne aber ihren Namen nicht. Die schien auch ganz erstaunt über den zusätzlichen Tag. Sie wusste nämlich, dass Gundela schon am Dienstag frei hatte.»

«Wir kennen die Frau», sagte Küenzler.

«Sie hat ihre Kollegin gefunden.»

Die Beamten hatten von Bachmann eine Wegbeschreibung zu Lilianes Adresse bekommen. Inzwischen war es schon fast sechs Uhr. Sie hatten also eine Chance, die Freundin zu Hause anzutreffen.

Adelheid Nachbauer öffnete. Hunziker grüsste und sagte, dass sie von der Polizei waren.

«Sie kommen sicher wegen Gundela. Schrecklich», stellte die alte Frau fest.

Dann bat sie die Beamten herein.

«Liliane muss jeden Moment hier sein. Möchten Sie etwas trinken? Setzen Sie sich doch.»

Frau Nachbauer war ganz aufgeregt.

«Wie konnte das denn passieren? Liliane erzählt ja nichts», beklagte sie sich.

«Die zwei Frauen standen sich sicher nahe?», fragte Hunziker.

«Oh, ja, diese Woche hat Liliane sie schon zweimal besucht. Sie waren beste Freundinnen.»

Man hörte eine Tür gehen. Liliane erschien im Wohnzimmer und blieb erstaunt stehen.

Hunziker stellte Küenzler, dem sie gestern nicht begegnet war, vor.

«Gibt es etwas Neues?», fragte Liliane.

«Wir wissen jetzt, weshalb Frau Oberdorfer gestern frei machte», sagte Hunziker.

«Sie wollte ins Passbüro in der Stadt. Wissen Sie, wohin sie so dringend verreisen wollte?»

Liliane winkte ab.

«Gundela verreiste öfters. Sie sitzt, sass ja an der Quelle», sagte sie beiläufig.

«Sie hat Ihnen also am Montag nichts erzählt?»

Liliane verneinte.

«Sie muss den Entschluss nämlich spätestens am Dienstagvormittag gefasst haben. Kurz nachdem sie mit Ihnen gesprochen hat, rief sie das Passbüro an.»

«Dazu kann ich leider nichts sagen», bedauerte Liliane.

«Wir wissen inzwischen, dass es doch einen Mann in Gundela Oberdorfers Leben gab. Hat sie nie davon gesprochen?», wechselte Hunziker das Thema.

Hielten die Polizisten Adrian für Gundelas Liebhaber? Sie schüttelte den Kopf.

«Wissen Sie auch, wer es ist?», fragte sie vorsichtig.

Hunziker bejahte.

«Er hat es auch schon zugegeben. Aber mit dem Mord hat er nichts zu tun. Sie können also offen sein.»

Nein kann ich nicht, dachte Liliane. Adrian hatte sie geschützt. Wie lieb von ihm.

«Tut mir leid, aber Gundela hat wirklich nie etwas gesagt», blieb sie dabei.

«Wir haben die Telefonlisten ausgewertet. Sie haben so alle zwei Wochen mit Gundela telefoniert. Letzten Donnerstag hat Gundela bei Ihnen angerufen», übernahm Küenzler das Gespräch.

«Worum ging es da?»

Liliane musste einen Moment nachdecken. Soviel war passiert in den letzten zwei Wochen. Dann erinnerte sie sich. Der Mann in der Wohnung. Schadete sie Adrian, wenn sie das zugab. Oder nützte es, indem die Polizei einen Unbekannten suchte.

«Gundela war etwas beunruhigt», erzählte sie deshalb.

«Sie hatte den Eindruck, dass jemand in ihrer Wohnung gewesen war. Aber es wurde nichts gestohlen und es gab auch sonst keine sichtbaren Einbruchsspuren. Ich glaube, sie hat sich das nur eingebildet.»

Küenzler wechselte einen Blick mit Hunziker, der unmerklich den Kopf schüttelte.

Also liessen sie die Aussage so stehen.

«Hatte Gundela Geldprobleme?», erkundigte sich Hunziker.

«Die Wohnung muss doch ziemlich teuer sein.»

«Nun sie brauchte ja sonst nicht viel Geld. Ihre Urlaubsreisen waren immer billig, weil sie stets über die günstigsten Angebote informiert war. Sie hat sich jedenfalls nie beklagt», antwortete Liliane wahrheitsgemäss.

«Stimmt die Reise. Denken Sie, sie wollte wieder in Urlaub fahren?», kehrte Hunziker zum Anfangsthema zurück.

«Natürlich, was sonst?», fragte Liliane erstaunt.

«Sie hat wirklich nichts gesagt am Montag?», vergewisserte sich Hunziker nochmals.

«Sie haben sie doch zweimal getroffen diese Woche?» Liliane schaute ihn erstaunt an.

«Nein, nur einmal. Ich meine, gestern war sie doch schon tot.»

Die Tränen traten ihr in die Augen.

Ihre Mutter hatte bisher das Gespräch aufmerksam verfolgt. Jetzt sah sie ihre Tochter erstaunt an. Dann kam ein «Tzz». Ihre Mutter stand auf und verliess das Zimmer.

«Hat sie das gesagt?», fragte Liliane sofort.

«Sie dürfen ihr das nicht glauben. Sie bekommt Alzheimer, verwechselt die Tage. Ich war am Montag und gestern bei Gundela», versicherte sie energisch.

Unten im Auto diskutierten die Beamten die Aussage.

«Wieso war die Oberdorfer über Bürgers Besuch am Donnerstag beunruhigt?», wunderte sich Küenzler.

«Weil er sie nicht informiert hat. Aber warum nicht?», fragte sich Hunziker.

Er wählte Adrians Handynummer.

Dieser meldete sich erst kurz bevor die Mailbox ansprang.

«Wo sind Sie denn?», wollte der Polizist wissen.

«Zu Hause, aber das Handy war in der Hosentasche im Schlafzimmer», erklärte Adrian.

«Sie haben Glück, dass ich es überhaupt gehört habe. Ich komme direkt vom Duschen. Warum rufen Sie nicht auf dem Festnetz an?»

«Weil ich nicht wusste, wo Sie sind», gab Hunziker zur Antwort.

«Um diese Zeit bin ich eigentlich meistens zu Hause. Jetzt sowieso», seufzte Adrian.

«Ich habe noch eine Frage zu letztem Donnerstag. Haben Sie Gundela da informiert, dass Sie in der Wohnung waren?»

Adrian erschrak. Sollte er schon wieder einen ominösen Zettel angeben. Den Beamten musste es ja komisch vorkommen, wenn er mit seiner Freundin nur schriftlich kommunizierte.

«Ehrlich gesagt, ich habe es vergessen», meinte er schliesslich.

«Ich wollte gleich am Anfang eine Info schreiben, aber dann war ich abgelenkt und am Nachmittag bin ich eingeschlafen. Plötzlich war es Zeit, aufzuräumen und nach Hause zu gehen.»

Adrian musste sich bremsen. Er durfte sich nicht zu tief in sein Lügengespinst verstricken.

«Wussten Sie, dass Ihre Geliebte so beunruhigt war, dass sie bei der Freundin angerufen hat.»

«Ja, ich meine nein», verbesserte er sich sofort.

«Aber ich kann es mir gut vorstellen. Ich fürchte, ich habe einiges verändert. Kleinigkeiten, die man trotzdem merkt. Deshalb habe ich am Montag den Zettel dagelassen.»

«Sie hätten es ihr doch am Freitag erzählen können. Bei dem Kontrollanruf», wandte Hunziker ein.

«Da war ich zu verblüfft, dass Gundela zu Hause war», antwortete Adrian aufrichtig.

Hunziker glaubte ihm.

«Eine andere Frage. Wir haben inzwischen herausgefunden, dass Frau Oberdorfer ins Passbüro wollte. Sie hatte es so eilig damit, dass sie einen zusätzlichen freien Tag genommen hat. Wissen Sie, wohin sie verreisen wollte?»

«Nein, keine Ahnung.»

«Wir wissen immer noch nicht, wo wir ihren Vater finden. Hat sie mit Ihnen einmal darüber gesprochen?»

«Nein, nie», versicherte Adrian.

Hunziker wünschte einen schönen Abend.

«Gleichfalls», gab Adrian zurück.

Er sah zur Schlafzimmertür. Sie war einen Spalt weit auf, weil er sich so beeilt hatte, zum Handy zu kommen. Schnell öffnete er sie.

Hilde stand ungefähr einen Meter entfernt und wollte gerade ins Wohnzimmer.

«Hast du gehorcht?», platzte Adrian der Kragen.

«Wer ist Gundela?», schrie Hilde zurück und nahm ihm damit den Wind aus den Segeln.

«Eine Frau, die ich nicht kenne», sagte er zerknirscht.

«Wer hat denn angerufen?»

Adrian wollte schon die Polizei erwähnen, aber dann würde seine Rolle als Geliebter auffliegen. Da hatte er eine Idee.

«Dominik Schuhmacher.»

Der hatte ihm schliesslich alles eingebrockt.

«Dein Kollege?»

Adrian hatte den Namen schon früher erwähnt.

«Dominik hat Krach mit seiner Freundin. Er wollte etwas aus der Wohnung holen und ich sollte für ihn dort anrufen, um herauszufinden, ob die Luft rein ist. Aber sie war zu Hause. Ich war so erschrocken, dass ich einfach aufgelegt habe.»

Hilde war die Geschichte suspekt. Andererseits passte sie zu Adrian, liess er sich doch zu allem Möglichen überreden.

Sie wandte sich der Küche zu.

Ihr Mann war froh einen weiteren Streit abgewendet zu haben.

Bei den Nachbauers hatte es jedoch gekracht.

Kaum hatte Liliane die Beamten hinausbegleitet, ging sie auf ihre Mutter los.

«Was erzählst du denn da für einen Scheiss», schrie sie die alte Frau an.

«Ich war am Montag und gestern bei Gundela, aber da war sie schon tot, das habe ich dir doch gesagt.»

«Wo warst du denn am Dienstag?», fragte diese eingeschüchtert zurück.

«Habe ich doch auch erzählt», seufzte Liliane.

«Ich wollte ein bestimmtes T-Shirt kaufen, aber in meiner Grösse gab es die nicht.»

Ihre Mutter zuckte die Achseln und verzog sich beleidigt ins Wohnzimmer.

Sie war sich sicher, dass Liliane am Dienstag angerufen und gesagt hatte, es werde später. Sie meinte, sich zu erinnern, dass sie von Gundela gesprochen hatte. Oder war das doch am Montag. Wenn sie nur nicht immer diese Magenschmerzen hätte. Sie nahm eine Tablette aus der Schachtel und wollte sie gerade schlucken, als Liliane mit den Gedecken fürs Abendessen hereinkam.

«Nimmst du schon wieder diese Tabletten?»

«Ich habe Schmerzen und mir ist übel», klagte Frau Nachbauer.

«Ich habe auch wieder mit der Verdauung Probleme.»

Ihre Mutter litt sporadisch unter Verstopfung, was nach Lilianes Meinung von ihrer unregelmässigen Esserei herrührte.

Überhaupt war ihre Mutter im letzten halben Jahr sichtbar kränker geworden, weigerte sich aber immer noch einen Arzt aufzusuchen.

Stattdessen liess sie sich in den Apotheken irgendwelche Mittel aufschwatzen, in jeder etwas anderes, die sie dann aber gemeinsam nahm. Zumindest vermutete Liliane das, denn es waren immer mehrere Packungen angebrochen.

Das neueste Produkt waren Abführtropfen, für die im Fernsehen geworben wurde, weil sie so schonend sein sollten.

«Ich gebe dir die Tropfen», brummte Liliane grimmig und nahm ihr die Tablette weg.

«Wenn du auf die Toilette kannst, gehen die Schmerzen von selbst weg.»

Sie ging in die Küche, wo das Fläschchen auf der Anrichte stand. Das Teewasser erreichte gerade den Siedepunkt und sie füllte die kleine Kanne ihrer Mutter auf.

Dann nahm sie einen Esslöffel und die Tropfen und ging zu ihrer Mutter zurück. Diese zählte ein paar Tropfen ab und schluckte sie.

Wieder in der Küche wollte Liliane die Tropfen neben die Kanne stellen, als die Wut sie erneut übermannte. Sie hatte es so satt, sich um ihre Mutter zu kümmern. Jeden Tag kam sie angespannt nach Hause, in Sorge, wie es ihr wohl heute wieder ging. Wenn sie wenigstens ärztliche Hilfe in Anspruch genommen hätte, damit man endlich wüsste, was ihr fehlte. Aber nein, sie war ja nicht krank. Die vielen Tabletten waren sicher nicht gesundheitsfördernd. Wieviel hatte sie denn schon von den Tropfen genommen?

Liliane öffnete die Packung und sah, dass das Fläschchen nur noch halb voll war. Spontan schüttete sie den ganzen Rest in die Teekanne. Das würde den Darm ihrer Mutter wenigstens für einmal entleeren und dem ewigen Gejammer darüber ein Ende setzen.

Zusammen mit den Esswaren fürs Abendbrot trug sie auch die Kanne ins Esszimmer.

Adelheid Nachbauer ging es gar nicht gut. In ihrem Bauch rumorte es und schlecht war ihr auch. Das Essen hatte ihr heute überhaupt nicht geschmeckt, sogar der Tee hatte ein sonderbares Aroma gehabt.

Sie ging zur Toilette. Sie hatte tatsächlich Durchfall.

Kaum hatte sie sich die Hände gewaschen, musste sie sich übergeben.

Liliane hatte ihre Mutter schon den ganzen Abend beobachtet und mit Schrecken festgestellt, dass diese immer blasser wurde.

Als sie jetzt länger wegblieb, ging Liliane ihr nach und hörte, wie sie würgte. Waren die Tropfen doch zu viel gewesen?

Sie öffnete die Tür, die zum Glück nicht abgeschlossen war, und konnte ihre Mutter gerade noch auffangen, bevor sie bewusstlos auf dem Boden aufschlug.

Schnell rief Liliane den Notarzt.

Nach zehn Minuten war er da. Ihre Mutter war inzwischen wieder aufgewacht, klagte aber über Übelkeit und Schmerzen. In Anbetracht des Alters der Frau, liess der Notarzt den Krankenwagen kommen. Liliane packte eilig das nötigste zusammen und fuhr mit zum Krankenhaus.

Nachdem sie die Aufnahmeformalitäten geregelt hatte, ging Liliane wieder zur Notaufnahme. Ein Arzt kam gerade heraus.

«Wir werden Ihre Mutter nicht nur über Nacht, sondern noch ein, zwei Tage dabehalten. Diese Magengeschichte gefällt mir nicht. Es könnte ein Geschwür sein. Wir werden das abklären.»

Liliane war beinahe erleichtert. Sie hatte nichts von den Tropfen gesagt und wenn es sich jetzt herausstellte, dass ihre Mutter wirklich krank war, konnte sie auch weiter schweigen.

«Kann ich nochmal mit ihr sprechen?», erkundigte sich Liliane.

«Wenn wir sie aufs Zimmer gebracht haben, können Sie kurz zu ihr.»

Liliane wartete eine Viertelstunde, dann kam eine Krankenschwester und gab ihr die Zimmernummer.

Bleich lag Adelheid im Bett eines Zweierzimmers. Die Frau daneben schlief schon.

«Jetzt bist du gut aufgehoben», flüsterte Liliane.

«Du meinst abgeschoben», zischte ihre Mutter ärgerlich. «Die wollen mich dabehalten!»

«Sie klären nur ab, was mit deinem Magen ist. Dann bekommst du endlich die richtigen Tabletten.»

Adelheid wandte den Kopf ab, aber ihre Tochter hatte die Tränen gesehen.

Seufzend drückte diese ihre Hand.

«Ich kann leider nicht länger bleiben. Soll ich dir noch etwas mitbringen morgen?»

«Nein, geh nur», bekam sie gekränkt zur Antwort.

Liliane verliess das Zimmer.

Eine Viertelstunde später betrat sie die elterliche Wohnung. Eine ungewohnte Stille umfing sie. Sie betrat zuerst das Badezimmer und machte dort Ordnung. Dann setzte sie sich ins Wohnzimmer und dachte über ihre Situation nach.

Wahrscheinlich würde ihre Mutter das ganze Wochenende in der Klinik verbringen. Das erste Mal seit langer Zeit hatte sie somit die Wohnung ganz für sich. Das traf sich gut, denn Adrian konnte sie jetzt nicht mehr bei Gundela treffen.

Sie würde morgen bei ihm zu Hause anrufen und ihn hier her einladen. Sie hatte immer noch keine Handynummer von ihm. Am Montag waren sie mit anderen Dingen beschäftigt gewesen. Sie würde ihn aber jetzt danach fragen.

Wie konnte sie sich zu Hause nach ihm erkundigen? Die Firma fiel ihr ein. Sie konnte im Namen der Firma anrufen, sogar vom Büro aus, für den Fall, dass die Nummer sichtbar wurde. Das war glaubwürdiger.

Zufrieden ging sie zu Bett.

Der Mord hatte es nicht mehr in die Donnerstagausgabe der Zeitung geschafft. Am Freitag erschien er auf der Titelseite.

Die Polizei war jedoch sehr zurückhaltend gewesen mit

ihren Angaben, nicht zuletzt deshalb, weil noch keine Angehörigen verständigt werden konnten.

Das Opfer, es wurde nur mit G.O. bezeichnet, war eine junge Frau. Sie war in ihrer Wohnung durch einen Schlag auf den Hinterkopf getötet worden.

Sie war am Mittwoch in der Wohnung gefunden worden, nachdem sie dort schon vierundzwanzig Stunden gelegen hatte.

Verdächtige wurden nicht genannt. Lediglich, dass man verschiedenen Spuren nachgehe.

Adrian las am Morgen keine Zeitung, da er meist nach einem schnellen Kaffee aus der Wohnung ging. Im Büro hatte er sich jeweils in der Mittagspause schlau gemacht. Irgendjemand brachte immer ein Lokalblatt mit, das dann die Runde machte.

Seit seiner Kündigung nahm er die Zeitung nach dem Abendessen ins Schlafzimmer und legte sie nachher wieder zurück. Hilde sah meistens fern und bemerkte nichts.

So entging ihm heute der Bericht. Er hatte sich lediglich gewundert, dass gestern nichts drin stand, dann aber auch überlegt, dass die Reporter wahrscheinlich zu spät von dem Mord erfahren hatten.

Liliane hatte ebenfalls keine Zeit für gedruckte Neuigkeiten. Sie hatte tief und fest geschlafen, war aber am Morgen mit einem Schuldgefühl aufgewacht. Gleich nach dem Duschen rief sie im Spital an.

Ihre Mutter hatte eine gute Nacht gehabt. Sie musste nicht mehr erbrechen und auch der Darm hatte sich etwas beruhigt. So konnte sie sogar schlafen. Sie nahm an, dass sie heute nach Hause konnte.

Das passte Liliane gar nicht. Sie liess sich mit dem Schwesternzimmer verbinden und erfuhr dort, dass es mit Sicherheit noch ärztliche Untersuchungen gab. Nein, heute wurde ihre Mutter auf keinen Fall schon entlassen.

Beruhigt legte Liliane auf. Sie würde normal zur Arbeit gehen, aber früher Schluss machen. Wenigstens einmal war ihre Mutter für eine Begründung gut. Am späteren Nachmittag konnte sie dann Adrian treffen. Richtig aufgestellt verliess sie die Wohnung.

Hunziker verglich die gestrigen Aussagen. Irgendwo gab es Unstimmigkeiten, aber er kam nicht darauf.

Also nahm er einen Zettel und machte einen Zeitplan über die letzten Tage.

Er begann mit dem Dienstag der letzte Woche, als Adrian gefeuert wurde.

Irgendwie musste der Mord mit der Entlassung von Adrian Bürger zu tun haben, das hatte Hunziker im Gefühl.

Den Donnerstag verbrachte jener ohne einen Hinweis zu hinterlassen in Gundelas Wohnung. Diese merkte es und rief Liliane an.

Am Freitag hatte Liliane frei. Adrian erfuhr es beim Kontrollanruf.

Am Montag verbrachte er den Tag in der Wohnung, legte Gundela einen Zettel hin. Am Abend besuchte Liliane ihre Freundin.

Der Dienstag war wieder Gundelas freier Tag. Sie rief Liliane, das Passbüro und im Reisebüro an. Sie traf die

Nachbarin und stellte, darauf angesprochen, Adrians Besuch, als den ihrer Freundin dar. Um achtzehn Uhr wurde Gundela ermordet.

Am Mittwoch kam Adrian in die vermeintlich leere Wohnung, fand die Tote, aber meldete es nicht. Am Abend suchte Liliane sie zuerst am Arbeitsplatz und danach zu Hause, worauf alles bekannt wurde.

Soweit der Zeitplan.

Halt hatte er nicht etwas vergessen. Adrian hatte gesagt, dass sie sich ursprünglich an dem Tag, an dem er fristlos gekündigt wurde, also am Dienstag vorige Woche treffen wollten.

Hunziker notierte das. Da hatte Gundela nicht frei gehabt. Sie hatte scheinbar nie freigehabt, wenn sie sich mit Adrian traf. Warum nicht?

Hunziker griff zum Telefon und wählte Adrians Nummer.

«Warum haben Sie sich eigentlich nie an Gundelas freiem Tag getroffen?», fragte der Polizeileutnant.

«Gundela benutzte diesen um die Wohnung zu putzen und was man so im Haushalt macht. Da war sie am Abend zu müde», begründete Adrian.

Hunziker bedankte sich und legte auf.

Gleich danach griff er sich an den Kopf. Liliane hatte kurz vor acht Uhr am Abend im Reisebüro nachgefragt. Also arbeitete Gundela jeweils noch um diese Zeit. Das war dann aber eine sehr späte Zusammenkunft mit ihrem Geliebten. Dazu passte es nicht, dass er so unter der Fuchtel von Hilde stand. Wie begründete er das nur?

Wieder wählte Hunziker Adrians Nummer.

«Tut mir leid, dass ich nochmals störe», entschuldigte er sich.

«Wie haben Sie denn die Abwesenheiten, wenn Sie sich mit Gundela trafen, ihrer Frau erklärt?»

«Als Überstunden. Es war immer im Zusammenhang mit dem Monatsabschluss oder ich hatte eine Sitzung in der Firma. Hilde hat es jedes Mal geglaubt. Ich nehme an, es ist ihr ziemlich egal, ob ich da bin oder nicht», seufzte Adrian.

Hunziker bedankte sich erneut.

Sein Blick blieb am Montag hängen. Da war Adrian den ganzen Tag in der Wohnung gewesen. Das hatte die Nachbarin Frau Räber bezeugt. Zumindest hatte sie das Auto gesehen.

Hunziker suchte die Aussage der Frau.

Sie hatte von der Anwesenheit des Autos und dem Mehrverbrauch von Bettwäsche gesprochen.

Hunziker tippte die Nummer der Nachbarin ein und diese nahm den Anruf entgegen.

«Es geht nochmals um das Auto von Frau Oberdorfers Freund. Wie konnten Sie das jeweils sehen?», wollte Hunziker, dem die Lage des Parkplatzes nicht mehr präsent war, wissen.

«Am Montag, als ich mir die Autonummer gemerkt habe, stand ich gerade am Briefkasten. Es waren wieder Werbekataloge eingeworfen worden. Die verstopfen immer alles. Da ist der Mann an mir vorbeigegangen und eingestiegen. Sein Auto habe ich schon am Nachmittag bemerkt, als ich in den Keller ging. Bei uns steht die Haustüre tagsüber meist offen, dann sieht man den Parkplatz. So lange bleibt der aber selten vom gleichen Auto besetzt.»

«Wann ist der Mann denn weggefahren», erkundigte sich Hunziker automatisch.

«Kurz vor acht. Als ich wieder in unserer Wohnung war, schlug meine Uhr acht.»

Hunziker notierte sich die Zeit.

«Die anderen Male, war es auch so spät?»

«Das weiss ich nicht genau. Von der Wohnung aus sehe ich die Autos nur, wenn ich auf dem Balkon bin. Im Sommer habe ich ihn ein paar Mal kommen sehen, so kurz nach fünf und …»

Sie dachte kurz nach.

«Also wenn ich mich recht erinnere, war das Auto meistens weg, wenn ich zum Hauptprogramm im Fernsehen hineinging. Also um dieselbe Uhrzeit wie am Montag schätze ich.»

Hunziker war elektrisiert. Um fünf Uhr konnte Gundela doch nicht schon zu Hause sein. Gut, Adrian hatte einen Schlüssel, um in der Wohnung zu warten. Aber warum ging er dann schon vor acht Uhr?

«Sind Sie sicher, dass der Wagen jeweils schon am späten Nachmittag da war?», vergewisserte er sich bei Frau Räber.

Diese bestätigte es mit dem Hinweis, dass sie im Sommer oft das Abendbrot auf dem Balkon einnahm.

«Beim Tisch decken, habe ich das Auto dann gesehen.»

Hunziker bedankte sich.

Das gab ein neues Bild. Adrian suchte sich die Tage, an denen Gundela arbeitete und eine Zeit, in der sie sicher nicht in der Wohnung war, für die Zusammenkünfte aus. Er begründete sie seiner Frau gegenüber mit Überstunden, was Sinn machte, wenn er schon kurz nach acht Uhr zu Hause war.

Überstunden! Das Reisebüro hatte von neun bis zwanzig Uhr geöffnet. Es war doch unwahrscheinlich, dass Gundela jeden Tag elf Stunden da verbracht hatte.

Hunziker tätigte den nächsten Anruf und bekam Melanie an den Apparat.

«Wie sind eigentlich ihre Arbeitszeiten? Ich meine, das Reisebüro hat doch lange geöffnet?»

«Das ist unterschiedlich. Ich arbeite meistens ab neun, andere lieber erst abends. Über den Mittag regeln wir es spontan. Es muss einfach immer jemand da sein», erklärte die junge Frau bereitwillig.

«Und Gundela Oberdorfer?»

«Sie ist meistens bis um acht Uhr geblieben. Sie stand nicht gerne früh auf. Sie kam irgendwann am Vormittag.»

«Gab es Tage an denen sie schon ungefähr um fünf Uhr ging?», fragte Hunziker gezielt.

«Also daran kann ich mich nicht erinnern», lachte Melanie.

«Vielleicht früher mal, aber in letzter Zeit hat sie jeden Abend bis acht Uhr gearbeitet. Seit mindestens einem Jahr», versicherte sie.

Hunziker legte nachdenklich auf.

Adrian war in der Wohnung gewesen. Das bewiesen, neben seiner Aussage, die Fingerabdrücke, die notabene auch im Schlafzimmer gefunden worden waren.

Gundela hatte er jedoch zu dieser Zeit am frühen Abends eigentlich nur an ihrem freien Tag treffen können. Und ausgerechnet dann war er nicht dort aufgetaucht. Diese Tage hatte er gemieden wie die Pest.

Was hatte er also in der Wohnung gemacht? Die Bett-wäsche. Frau Räber war der Mehrverbrauch bei Gundela aufgefallen. Wusch man Bettwäsche, in der man mit dem Liebsten ein Schäferstündchen verbracht hatte, am anderen Tag.

Hunziker war schon lange verheiratet. Er konnte sich trotzdem gut erinnern, dass er, als er noch möbliert wohnte, jeweils die Bettwäsche nicht gleich gewechselt hatte, nachdem seine damalige Geliebte und heutige Frau ihn besucht hatte.

Aber man wollte nicht in einem Bett schlafen, in dem jemand Fremder gelegen hatte!

Adrian und ... Ja das war die Frage. Oder eigentlich nicht. Es gab noch Fingerabdrücke einer Frau in der Wohnung. Liliane Nachbauer. Der Buchhalter und das Pummelchen! Hunziker musste schmunzeln.

Hatte Adrian seiner Geliebten zuliebe ein Verhältnis mit der Toten erfunden? Warum?

Er sah zu Küenzler hinüber. Er wollte die veränderten Verhältnisse noch mit seinem Kollegen durchsprechen, war sich jedoch fast sicher, dass dann ziemlich alles passte.

Hilde überflog die Zeitung schon im Treppenhaus. Wieder in der Wohnung setzte sie sich hin. Es war lediglich Neugier. Es passierten nicht viele Morde in der Gegend.

Nachdem sie den Artikel gelesen hatte, wurde sie jedoch nachdenklich.

Am Mittwochabend waren die Polizisten zu dritt bei ihnen aufgetaucht. Adrian war Zeuge. Wobei? Gestern war der Name Gundela gefallen und die Tote hiess G.O.

Hilde sah gerne Krimis und dort fanden die Ermittler immer etwas über die Telefonlisten heraus. Adrian hatte nach eigenen Angaben dort angerufen. Eine Aussage, die er nicht nur ihr gegenüber gemacht hatte, sondern ebenfalls durch das belauschte Telefonat bestätigt wurde.

Hilde war nicht so blauäugig, ihrem Mann alles zu glauben, was er ihr erzählte. Aber sie hatte ein Gespür dafür, wann er die Wahrheit sagte. Gestern am Telefon hatte er nicht gelogen.

Er hatte gesagt, wie überrascht er war, dass Gundela zu Hause war. Leider hatte Hilde den Anfang des Gespräches nicht ganz verstanden. Aber vom Montag war die Rede gewesen. Da hatte diese Gundela noch einen Tag gelebt.

Ach was, verwarf Hilde ihren eigenen Verdacht. Wenn ihr Mann der Täter wäre, hätte die Polizei ihn längst verhaftet. Er brachte doch nie etwas richtig zustande. Er hätte mit Sicherheit auch das vermasselt.

Wie das mit Miezi. Hilde konnte noch immer nicht an die Katze denken, ohne dass ihr die Tränen in die Augen traten.

Sie musste unbedingt eine neue Katze haben. Noch heute würde sie ins Tierheim fahren und sich eine aussuchen.

Hilde holte sich noch einen Kaffee und kehrte zur Zeitung zurück.

Ob Adrian der Polizei erzählt hatte, dass er im Auftrag von diesem Dominik Schuhmacher gehandelt hatte?

Wahrscheinlich nicht. In Bezug auf Loyalität konnte man sich auf Adrian verlassen.

Hilde trank nachdenklich den Kaffee aus. Schliesslich griff sie zum Telefon und rief bei der Polizei in der Kleinstadt an. Sie wurde mit Bachmann verbunden.

«Was gibt es denn Frau Bürger», erkundigte er sich.

«Ich habe den Artikel über den Mord in der Zeitung gelesen», begann Hilde ein wenig unsicher.

«Ich weiss nicht, ob Sie das sagen dürfen, aber hiess die Tote vielleicht Gundela?»

Bachmann war echt überrascht.

«Warum wollen Sie das wissen?», versuchte er Zeit zu gewinnen.

«Weil ich dann etwas weiss, das wichtig sein könnte», behauptete sie.

«Dann erzählen sie mal», forderte Bachmann sie auf.

«Gestern hat mein Mann einen Anruf bekommen, dabei ist der Name gefallen. Nachher hat er behauptet, dort, also bei der Frau, die so heisst, angerufen zu haben, um rauszufinden, ob sie zu Hause sei. Aber das wichtigste ist, Dominik Schuhmacher hat ihn darum gebeten. Adrian kennt diese Frau gar nicht.»

Der Name war neu.

«Wer ist Dominik Schuhmacher?», wollte Bachmann interessiert wissen.

«Sehen Sie, ich dachte mir, dass Sie das nicht wissen», triumphierte Hilde.

«Ein Bürokollege meines Mannes. Scheinbar hatte er Streit mit seiner Freundin und wollte in die Wohnung, wenn diese nicht da war. Für den Anruf hat er meinen Mann eingespannt.»

«Danke, Frau Bürger», antwortete Bachmann.

«Ich nehme an, ihr Mann ist schon weg?»

«Natürlich, der kommt nie zu spät zur Arbeit», versicherte sie.

Also hatte Adrian immer noch nicht gebeichtet.

«Übrigens, erstatten Sie offiziell Anzeige wegen der Katze?», wollte der Polizist noch wissen.

«Braucht es die, damit Sie den Katzenmörder suchen?»

«Eigentlich nicht. Wir haben schon eine Anzeige und ich habe mir ihren Fall notiert», erklärte Bachmann.

«Dann verzichte ich. Es macht Miezi auch nicht wieder lebendig», sprach Hilde mit belegter Stimme.

«Ich will heute ins Tierheim gehen und eine neue holen», fügte sie noch an, bevor sie sich verabschiedete.

Na, da wird Adrian sich riesig freuen, dachte Bachmann sarkastisch.

Erst wollte er jenen direkt anrufen und fragen, was es mit Hildes Aussage auf sich hatte, verwarf es aber wieder. Stattdessen wählte er Hunzikers Nummer, gerade als dieser Künzler zu der Denkpause am Kaffeeautomaten eingeladen hatte.

«Hilde Bürger hat einen neuen Namen ins Spiel gebracht», begann Bachmann und erzählte ihm von Hildes Anruf.

«Wir haben gestern nochmals mit Adrian gesprochen. Er war schon zu Hause. Vielleicht hat seine Frau etwas mitbekommen», sagte Hunziker.

Er überlegte fieberhaft, ob Gundelas Name gefallen war. Doch, Adrian hatte ihn erwähnt.

«Wahrscheinlich brauchte er einfach eine Ausrede», meinte er deshalb.

«Ruf ihn an und klär das», bat er noch.

Von der neuen Entwicklung wollte er noch nichts erwähnen.

Der Polizeiwachtmeister wählte Bürgers Handynummer. Adrian spazierte gerade am Seeufer.

Er war überrascht, als er nach Dominik gefragt wurde, erkannte aber schnell den Zusammenhang.

«Hat Hilde ihn erwähnt?», fragte er erstaunt.

Bachmann bestätigte das Gespräch, worauf Adrian zugab, Schuhmacher als Ausrede benutzt zu haben.

«Der hat gegen mich intrigiert», gab er als Begründung an.

«Aha, noch etwas», warf Bachmann ein.

«Ihre Frau macht keine Anzeige wegen der Katze.»

Damit beendete er das Gespräch. Adrian atmete auf. Wenigstens ein Druck war weg.

Wenn er nur mit Liliane sprechen könnte.

Ähnlich dachte seine Geliebte. Sie hatte im Büro bereits Bürgers Nummer herausgesucht und wartete darauf, dass die Kolleginnen zum Kaffee gingen, bis sie anrief.

Hilde hatte sich schon umgezogen, um auf Katzensuche zu gehen, als das Telefon klingelte. Vielleicht brauchte die Polizei noch eine Auskunft. Schnell nahm sie ab.

Liliane hatte nicht damit gerechnet, dass sich Adrians Frau meldete. Deshalb stotterte sie zuerst ihren Namen, bis ihr in den Sinn kam, dass sie sich ja mit dem Firmennamen, gewissermassen offiziell, vorstellen wollte. Schnell fügte sie diesen hinten an und fragte gleich nach ‹Herrn Bürger›.

«Ist mein Mann denn nicht in der Firma?», fragte Hilde erstaunt.

Liliane schaltete schnell. Adrian hatte seiner Frau immer noch nichts gebeichtet und verliess deshalb wahrscheinlich jeden Morgen die Wohnung. Jetzt hatte sie ihm vermutlich durch ihren Anruf noch Schwierigkeiten bereitet. Sie musste schnellstens etwas erfinden.

«Doch er war da», erklärte sie rasch.

«Dann musste er jedoch plötzlich weg. Ich dachte er wäre nach Hause, zumindest habe ich ihn so verstanden. Entschuldigen Sie die Störung, aber wir haben hier ein Problem. Ich brauche nur eine Auskunft. Haben Sie vielleicht seine Handynummer?»

Hilde machte sich einen eigenen Reim. Wahrscheinlich musste Adrian zur Polizei und wollte natürlich im Büro nicht zugeben, dass er in eine Mordermittlung verwickelt war, vor allem, wenn dieser Dominik der Täter war.

Andererseits, und das machte sie auch ein bisschen stolz, war ihr Mann eine wichtige Person. Also gab sie die Handynummer durch.

Adrian sah nicht auf das Display, als sein Handy wieder klingelte. Er nahm automatisch an, dass es die Polizei wäre.

«Bürger», meldete er sich resigniert.

«Was gibt es denn jetzt noch?»

Liliane war etwas überrascht über den Ton und die Begrüssung.

«Adrian, ich bin es, Liliane.»

Nun war Adrian verblüfft.

«Hallo Liebling,», sprach er erfreut.

«Woher hast du meine Handynummer?»

«Ich habe bei dir zu Hause angerufen. Keine Sorge ich habe mich offiziell gemeldet, mit Firmenname und so. Deiner Frau habe ich gesagt, dass du schnell wegmusstest, wir aber einen Notfall hätten.»

Adrian hatte trotzdem ein mulmiges Gefühl. Er musste unbedingt mit Hilde reden, bevor diese durch einen Zufall, Kenntnis von seiner Entlassung erhielt. Gleich heute würde er in den sauren Apfel beissen. Dann konnte er auch zu Hause bleiben, was das Leben ein wenig einfacher machte.

«Adrian», fuhr seine Geliebte fort.

«Es gibt Neuigkeiten. Meine Mutter ist im Krankenhaus. Wahrscheinlich das ganze Wochenende. Wir können uns bei mir zu Hause treffen. Ich habe schon gesagt, dass ich am Mittag nach Hause gehe. Kommst du zu mir?»

Adrian wollte schon freudig zustimmen, als ihm Bedenken kamen.

«Gundela ist tot», sagte er nur.

«Na und?», fragte Liliane.

«Was hat das mit uns zu tun?»

«Die Polizei glaubt, dass ich ihr Geliebter war. Ich habe dich herausgehalten, du bist bis jetzt überhaupt nicht erwähnt worden», erklärte ihr Adrian.

Ausser, dass ich sie gefunden habe. Das wusste ihr Freund offenbar nicht, was wiederum Liliane verwunderte.

«Deshalb weiss ich nicht, ob es so gut ist, wenn wir uns jetzt treffen», ergänzte dieser.

Liliane stiegen vor Wut die Tränen in die Augen. Zuerst liess sich diese blöde Kuh erschlagen und jetzt hatte ihr Geliebter einen Bammel davor, dass ihr Verhältnis aufgedeckt wurde. Ausgerechnet jetzt, wo ihr die Wohnung zur Verfügung stand.

«Ich muss dich aber sehen», sagte sie bestimmt.

«Bitte komm heute Nachmittag zu mir. Es gibt vielleicht nur diese Möglichkeit über unsere Zukunft zu reden. Meine Mutter kann morgen schon wieder zu Hause sein.»

«Okay, ich komme», stimmte Adrian mit dem Gefühl, einen Fehler zu machen, zu.

Adrian beschloss, endlich Nägel mit Köpfen zu machen. Er fuhr nach Hause, aber Hilde war nicht da.

Auch gut, dann konnte er duschen.

Anschliessend setzte er sich mit einem Kaffee ins Wohnzimmer.

Kurz vor Mittag erschien Hilde mit dem Transportkorb, in dem sie jeweils Miezi zum Impfen zum Tierarzt gebracht hatte.

«Wieso bist du schon da?», fragte sie erstaunt.

«Die Firma hat angerufen, die haben ein Problem.»

«Interessiert mich nicht mehr», brummte Adrian und beobachtete misstrauisch den Behälter.

«Miau!»

Adrians Nackenhaare sträubten sich. Das durfte doch nicht wahr sein! Seine Frau schleppte doch tatsächlich eine neue Katze an.

«Das ist Murrli», stellte Hilde vor.

«Ein kleiner Kater, ungefähr ein Jahr alt», seufzte sie.

«Eigentlich hätte ich lieber eine Katze gehabt, aber ich habe mich auf den ersten Blick in den kleinen Kerl verliebt. Dass es ein Männchen ist, habe ich erst nachher erfahren.»

Sorgfältig nahm sie das junge Tier aus seinem Gefängnis und liebkoste es, wie früher Miezi.

Adrian sah der Szene mit wachsendem Unwohlsein zu. Ging das immer so weiter?

Er hielt es im Wohnzimmer nicht mehr aus. Wortlos stand er auf, ging ins Schlafzimmer und schmetterte die Türe zu. Weinend vor Wut und Verzweiflung warf er sich aufs Bett.

Die Katze war vor Schreck von Hildes Armen gesprungen und verbarg sich unter dem Sofa. Hilde kniete nieder und lockte sie mit viel Geduld wieder hervor und in die Küche. Dort stellte sie ihr den gefüllten Fressnapf hin und goss Wasser ins Trinkbecken.

Schnell schloss sie die Tür und wandte sich dem Schlafzimmer zu, um ihren Mann zur Rede zu stellen.

«Musst du die Katze so erschrecken!», fiel sie über ihn her.

«Und was soll das heissen, die Probleme der Firma interessieren dich nicht mehr?», erinnerte sie sich an Adrians Einwurf.

«Okay, du kannst es ruhig wissen. Ich bin gefeuert worden», schrie ihr Mann zurück.

Das war eine echte Überraschung. Hilde sank sprachlos auf ihr Bett.

«Gefeuert?», sagte sie endlich.

«Heisst das, du arbeitest schon nicht mehr dort?», setzte sie ungläubig hinzu.

«Genau schon seit anderthalb Wochen nicht mehr.»

Adrian empfand eine richtige Genugtuung, Hilde einmal übertrumpfen zu können.

«Aber wo treibst du dich dann den ganzen Tag herum?», machte sich Hildes praktische Ader bemerkbar.

«Mal hier, mal da, zum Beispiel in der Wohnung der toten Gundela», gab Adrian gehässig zurück.

Jetzt war alles egal. Er würde nicht in der Wohnung bleiben. Er konnte zu Liliane flüchten.

«Woher hast du den Schlüssel oder arbeitet die nicht?»

Adrians Wut verrauchte. Er mahnte sich zur Vorsicht.

«Habe ich dir doch gestern Abend erklärt.»

Adrian zog seine Jacke an.

«Gehst du weg?»

Adrian nickte nur.

«Du hast ja jetzt wieder Gesellschaft mit der Katze. Pass bloss auf, dass die nicht auch noch umgebracht wird», sprach er und verliess die Wohnung.

Liliane wollte gerade zusammenpacken, als ein Anruf ihrer Mutter kam.

«Ich habe ein Magengeschwür», jammerte diese.

«Sie wollen mich hier behalten und am Montag früh operieren.»

Liliane war einerseits entsetzt, andererseits erleichtert. Endlich gab es eine Erklärung für die Unpässlichkeiten der Mutter. Das Gute war, dass diese sicher einige Zeit im Krankenhaus bleiben musste. Zumindest übers Wochenende, hatte sie eine sturmfreie Wohnung, die sie sich mit Adrian teilen konnte.

«Du musst mich besuchen und trösten», hörte sie ihre Mutter weinen.

«Mutter, ich kann jetzt nicht weg. Ich besuche dich nach der Arbeit. Es wird schon nicht so schlimm werden. Ich spreche auch noch mit dem Arzt. Beruhige dich bitte, sonst bekommst du wieder Schmerzen.»

Nachdem Liliane noch zweimal versichert hatte, am Abend vorbeizukommen, legte sie auf. Schnell räumte sie ihren Schreibtisch auf und verliess das Büro.

In der Kleinstadt kaufte sie ein paar Lebensmittel und eine Flasche Wein und fuhr mit dem Bus nach Hause.

Sie wollte gerade zur Haustür hinein, als sie hinter sich ein Auto hörte. Adrian fuhr auf den Parkplatz vor dem Haus und winkte ihr zu.

«Du bist früh da», sagte sie etwas unsicher.

Sie hatte eigentlich alles schön herrichten und auch sich selber etwas zurechtmachen wollen. Jetzt war ihr Liebster schon da.

«Ich konnte die Wohnung noch nicht aufräumen und wollte eigentlich noch duschen», sagte sie ein wenig enttäuscht und betrat das Treppenhaus.

«Brauchst du nicht», versicherte Adrian.

«Ich musste zu Hause weg», klagte er.

«Meine Frau hat eine neue Katze.»

Liliane runzelte die Stirne.

«Was ist denn mit der alten?», fragte sie verwundert und schloss die Wohnung auf.

«Die habe ich abgemurkst», gestand er ihr.

«Du hast sie umgebracht?», staunte Liliane.

«Sie war ein ewiger Streitpunkt zwischen mir und Hilde.»

«Da bringst du sie einfach um? Wie denn?»

«Hast du von diesem Katzenmörder gelesen?», erkundigte er sich.

«Ich habe ihn nachgemacht und sie erwürgt.»

Liliane warf einen Blick auf seine Hände. Sie konnten so zärtlich sein, dass sie nicht glauben wollte, dass er damit töten konnte.

«Setz dich», forderte sie ihn auf.

«Hast du schon etwas gegessen?»

Als er verneinte, schlug sie vor, schnell etwas Kaltes herzurichten und stellte die Flasche Wein auf den Tisch. Sie schnitt ein paar Scheiben von einem Salami ab, aber dann war sie zu ungeduldig und legte den Rest mit dem scharfen Messer auf ein Brett und stellte es zu den übrigen Sachen auf den Tisch. Sollte sich doch jeder selber nehmen, wieviel man wollte.

Während sie zwischen Küche und Wohnzimmer hin und her eilte und Geschirr und Gläser brachte, schaute er sich um.

Es war die Wohnung ihrer Mutter, das sah man ganz deutlich. Aber das war Adrian egal. Er würde Liliane fragen, ob er ein paar Tage dableiben konnte und dann irgendwo ein Zimmer nehmen.

«Komm essen wir», forderte sie ihn auf.

Die Stimmung war nicht so romantisch, wie Liliane es sich vorgestellt hatte. Es war etwas anderes, ihren Geliebten in der elterlichen Wohnung zu empfangen. Hier kam sie sich unwillkürlich noch wie ein Kind vor, zumindest das Kind ihrer Mutter. Sie glaubte, diese verfolge sie mit unsichtbaren Augen.

Dann hatte sie das Geständnis von Adrian erschreckt. Ausserdem war es das erste Mal seit Gundelas Tod, dass sie Adrian sah.

«Was weisst du über Gundela?», fragte sie vorsichtig.

Adrian erzählte, wie die Polizei auf ihn gekommen war. Aber er hatte sie geschützt.

«Ich habe unsere Treffen einfach so dargestellt, dass Gundela die Frau war, mit der ich zusammen war. Ausserdem habe ich ein Alibi. Als Gundela umgebracht wurde, war ich schon zu Hause. Das kann und hat Hilde schon bezeugt.»

Liliane lachte bitter.

«Du glaubst doch nicht, dass ein von der Ehefrau bestätigtes Alibi viel wert ist.»

«Wir hatten gerade Streit. Es war der Abend, als ich Miezi …, als Miezi verschwand», erklärte er sich verbessernd, denn er hatte das Befremden von Liliane bemerkt, als er den Katzenmord zugab.

«Trotzdem, ich würde mich nicht darauf verlassen. Ich kann dir eventuell ein Alibi geben», schlug Liliane vor.

«Nein, die Polizei darf auf keinen Fall wissen, dass wir uns kennen.»

«Glaubst du denn, die merken nichts. Immerhin haben wir am gleichen Ort gearbeitet. Oder hat die Polizei nicht danach gefragt?», wollte Liliane wissen.

«Doch die wissen davon. Auch dass ich gefeuert worden bin. Nur, dass wir ein Paar sind, das habe ich erfolgreich verschwiegen.»

Liliane überlegte. Bisher hatte die Polizei sie tatsächlich nur als Freundin der Toten vernommen. Eine Verbindung zu Adrian war nie ins Gespräch gebracht worden.

Plötzlich erinnerte sich Liliane an die Kündigung.

«Sag mal, hast du denen von der Unterschlagung erzählt?», fragte sie vorsichtig.

«Das habe ich auch auf Gundela geschoben», erklärte Adrian.

«Ich brauchte Geld und habe es von der Firma abgezweigt. Es war kein grosser Betrag, aber Dominik ist dahinter gekommen.»

«Und wofür brauchtest du das wirklich?», forschte sie.

«Ich habe Gundela monatlich fünfhundert als Mietanteil überwiesen», gab Adrian zu.

«Fünfhundert!», schrie Liliane.

«Bist du verrückt geworden. Soviel und das jeden Monat. Jetzt wird mir einiges klar.»

Adrian sah sie erstaunt an. Er hatte damit gerechnet, dass sie ihm Vorwürfe machen würde, aber ihre Reaktion war Empörung und zwar über Gundela, nicht ihn.

«Weisst du, dass sie von mir auch noch Geld eingesackt hat. Geld, das ich ihr freiwillig gegeben habe, weil ich nicht wollte, dass sie leer ausgeht. Weil sie doch die Wohnung immer geputzt und mehr gewaschen hat. Wein und Snacks hat sie auch gekauft. Also habe ich ihr nichts ahnend auch noch Geld hingelegt. Und da geht sie hin und erpresst dich.»

Lilianes Stimme war richtig hasserfüllt.

«Es war doch ihre Idee oder?», vergewisserte sie sich noch.

Adrian sah sie stumm nickend an.

«Kein Wunder, konnte sie plötzlich nach Neuseeland auswandern!»

Inzwischen hatte Hunziker mit Küenzler den neuen Verdacht analysiert. Beide waren sich einig dass es mehr Sinn machte, wenn man Gundela mit Liliane vertauschte.

«Fragt sich nur, ob das einen neuen Aspekt für den Mord ergibt», bemerkte Küenzler, als sie ins Büro zurückkehrten.

«Wahrscheinlich nicht, zumindest Adrians Alibi bleibt bestehen», antwortete sein Kollege.

«Was wissen wir eigentlich über diese Liliane Nachbauer», wollte Küenzler wissen.

Hunziker musste zugeben, dass er sich mit der Frau auch nicht gross befasst hatte.

«Vor allem sehe ich kein Motiv», erklärte er.

«Wenn sie von Gundela die Wohnung zur Verfügung gestellt bekommen hat, damit sie sich heimlich mit ihrem Liebhaber treffen konnte, würde sie sich diese Möglichkeit doch nicht kaputt machen, indem sie die Freundin umbringt.»

Beide schwiegen einige Zeit in Gedanken versunken.

«Hat es etwas damit zu tun, dass die Oberdorfer beunruhigt war, als Bürger plötzlich die Wohnung zusätzlich genutzt hat», brach Küenzler das Schweigen.

«Vielleicht wollte sie das nicht und hat den beiden ‹gekündigt›», gab Hunziker zu bedenken.

«Es kommt zum Streit und er oder sie bringt Gundela um.»

Gleich darauf schüttelte Hunziker jedoch den Kopf.

«Sie hatte die beiden in der Hand. Sie hätte einfach mehr Geld verlangt», vermutete Küenzler.

«Uns fehlt das Motiv», stöhnte er.

Hunziker sah wieder auf die Zeittabelle von heute Morgen.

«Wer zum Teufel taucht an Gundelas freiem Tag plötzlich in der Wohnung auf», murmelte er.

«Beide wussten, dass sie frei hatte», bestätigte Küenzler.

Hunziker nickte. Irgendjemand hatte eine Aussage wegen dem Dienstag gemacht.

Die Nachbarin. Nein, die hatte mit Gundela gesprochen.

Frau Nachbauer. Genau, die hatte gesagt, dass Liliane zweimal bei Gundela war.

Liliane hatte das als Demenz abgetan, respektive gesagt, dass der zweite Besuch, derjenige mit dem Auffinden der Leiche gewesen war.

Was wenn Frau Nachbauer doch recht hatte? Immerhin hatte Gundela am Dienstagmorgen bei Liliane bezüglich der Kaffeebohnen nachgefragt. Warum sollte diese also bis Mittwochabend warten, um ihre Freundin aufzusuchen, die sie doch am Dienstag schon nach der Arbeit zu Hause antreffen konnte.

Hunziker wählte die Nummer von der Wohnung der Nachbauers, aber niemand nahm ab.

«Komm wir fahren in die Kleinstadt», forderte er Küenzler auf.

Auf dem Gang traf er den Kollegen der Spurensicherung.

«Ich habe mir die Scherben des Flaschenhalses nochmals angesehen», sagte dieser.

«Es gibt ja von allen drei Personen Fingerabdrücke, aber die klarsten, das heisst die letzten, sind von dieser Nachbauer, sofern der Täter nicht Handschuhe getragen hat.»

Hunziker nickte bestätigend.

«Da waren noch die Weingläser in der Spülmaschine», fuhr der Techniker fort.

«Dort sind ebenfalls die Abdrücke der Nachbauer die letzten.»

Wahrscheinlich hatte Liliane noch aufgeräumt, bevor sie die Wohnung verliess, vermutete Hunziker.

Es wurde immer dringlicher, dass sie sich mit der Frau unterhielten.

Auf der Fahrt nach der Kleinstadt, versuchte Hunziker erneut auf dem Festnetz der Nachbauers anzurufen.

Zu seinem Erstaunen nahm Liliane ab. An ihrer Stimme erkannte der Polizist, dass sie weinte.

«Was ist passiert?», fragte er sie sanft.

«Nichts», riss Liliane sich zusammen.

«Kann ich ihre Mutter sprechen?», fragte Hunziker.

«Die hatte gestern einen Zusammenbruch und liegt im Krankenhaus», erklärte sie.

«Ein Magengeschwür», setzte sie noch hinzu.

Deshalb die Tränen, dachte Hunziker.

«Fahren Sie jetzt zu ihr?», wollte er noch wissen.

«Erst am Abend», antwortete Liliane mechanisch und legte einfach auf.

Hunziker forderte Küenzler auf schneller zu fahren. Er wollte sofort mit Liliane sprechen.

Vor dem Haus sahen sie Adrians Auto. Sie klingelten an der Wohnungstür.

Liliane öffnete. Ihre Kleidung war blutverschmiert und sie war einem Zusammenbruch nahe.

Wortlos drehte sie sich um und betrat das Wohnzimmer, gefolgt von den Polizisten.

Adrian lag am Boden. Die eine Seite war voller Blut und ein Messer steckte zwischen den Rippen.

Künzler stellte noch Puls fest und rief den Krankenwagen.

Liliane sass teilnahmslos auf einem Stuhl und schien nichts von dem, was um sie herum vorging, wahrzunehmen.

Hunziker hatte sich vergewissert, dass sie unverletzt war. Das Blut auf der Kleidung musste von Adrian stammen.

Nachdem der Verletzte abtransportiert worden war, nahm Hunziker einen Stuhl und setzte sich vor Liliane hin.

«Was ist passiert?», wollte er wissen.

Liliane sah ihn verzweifelt an.

«Es hätte so schön sein können.»

Sie sprach mit ganz leiser Stimme.

«Endlich konnte ich Adrian in die Wohnung einladen. Aber er war zu früh da. Ich habe nicht alles vorbereiten können. Kein Essen und mich nicht schön machen. Dann haben wir über Gundela geredet. Adrian hat Geld von der Firma genommen, um Gundela zu bezahlen. Sie hat ihn erpresst. Das habe ich nicht gewusst. Es war der Grund für die Kündigung. Das hat er mir erst heute gestanden.»

Sie schluchzte auf.

«Dann habe ich mich verplappert. Ich habe ihm gesagt, dass Gundela nach Neuseeland auswandern wollte. Woher ich das wisse, fragte er mich und dann erkannte er, dass ich Gundela am Dienstag aufgesucht hatte. Er sagte mir auf den Kopf zu, dass ich sie umgebracht habe. Da habe ich das Messer genommen und zugestochen.»

Sie deutet auf den Tisch, wo noch der Salami war.

Dann schaute sie Hunziker ins Gesicht.

«Ich habe alles zerstört», stellte sie fest.

«Bevor er bewusstlos wurde, sagte er mir noch, dass er eigentlich bei mir einziehen wollte.»

Wieder wurde sie von einem Schluchzen geschüttelt.

«Frau Nachbauer», sagte Hunziker sanft.

«Was ist bei Gundela passiert?»

Lilianes Gesicht verzerrte sich vor Hass.

«Ich bin am Dienstag direkt von der Arbeit zu Gundela gefahren. Ich wusste ja, dass sie frei hatte. Kaum war ich da, zog sie mich in die Küche und fragte mich wieder nach den Kaffeebohnen. Inzwischen hatte ich mir zusammengereimt, dass Adrian wieder Bockmist gebaut hatte, also habe ich gesagt, ich hätte die Bohnen aufgefüllt. Aber das glaubte sie mir nicht. Sie wollte am Mittwoch Adrian in der Firma anrufen. Es wäre auch ein Staubsauger gehört worden. Am Montagmittag. Das sei ja wohl nicht ich gewesen, schrie sie mich an. Aber es spiele sowieso keine Rolle mehr. Sie habe die Wohnung schon gekündigt. Morgen wolle sie zum Passbüro und dann ab nach Neuseeland.»

Liliane schnäuzte sich die Nase.

«Es war Gundelas grosser Traum, dorthin auszuwandern. Du hast ja kein Geld, sagte ich ihr. Doch ich habe dein Geld und das von Adrian, gab sie zur Antwort. Ich habe ihr nämlich jedes Mal etwas Bargeld dagelassen. Aber, dass sie auch Adrian ausnahm, war mir neu. Wieviel, fragte ich sie. Genug, meinte sie und lachte hämisch. Jetzt liess sie uns auch noch fallen. Wo sollten wir denn hin. Es durfte doch niemand wissen, dass wir zusammen waren. Die Weinflasche vom Montag stand noch da und ich packte sie und schlug zu. Gundela hatte mir gerade den Rücken zugedreht und viel nach vorne. Ich verlor das Gleichgewicht und die Flasche ging am Rand der Spüle kaputt. Als ich die Zacken sah, musste ich Gundela einfach verletzen. Irgendwann merkte ich, dass sie tot war.»

Liliane schwieg.

«Adrian tut mir leid. Das wollte ich nicht. Aber Gundela hat es verdient.»

Epilog

Bevor Hunziker Liliane abführen liess, rief er noch im Krankenhaus an. Adrian war auf dem Weg dorthin verblutet.

Liliane nahm die Nachricht, dass sie eine Doppelmörderin war, mit einem weiteren Weinkrampf auf.

«Jemand muss die Witwe verständigen», sagte Küenzler.

«Ruf Bachmann an, der kennt die Frau besser», antwortete Hunziker.

Der Polizeiwachtmeister war zu Besuch beim Tierarzt Dr. Pabst, der ihn hergebeten hatte.

«Hör mal, Jörg», sagte dieser gerade.

«Ich möchte dir ja nicht in deine Ermittlungen pfuschen, aber es gibt da etwas, das du wissen solltest.»

Bachmann lachte.

«Ich bin für jeden Hinweis dankbar. Sind neue Morde verübt worden?»

«Nein, nur diese drei letzte Woche. Seither ist es wieder ruhig ausser dem, von dem du weisst, wer es getan hat.»

Bachmann nickte.

«Genau das ist es. was ich dir sagen wollte», fuhr Dr. Pabst fort.

«Für mich ist es nur ein Täter. Die Würgemale sahen gleich aus, soweit man das bei dem Fell am Hals feststellen kann. Genau der gleiche Griff.»

Bachmann wurde nachdenklich.

Bürger hatte einen Hass auf Katzen. Seit seiner Kündigung stand er extrem unter Stress. Es war sicher keine gezielte Aktion, aber wenn ihm eine Katze über den Weg lief ...

«Könnte sein, dass es derselbe ist», gab Bachmann zu. Ich werde ihn nochmals fragen, nahm er sich vor.

Sein Handy klingelte und Küenzler informierte ihn über den Todesfall.

«Bruno, fragt, ob du Frau Bürger die Nachricht bringen kannst. Weil du mehr mit ihr zu tun hattest, als wir.»

Bachmann stimmte zu.

«Okay, mache ich. Ich bin sowieso gerade im Dorf.»

Nachdenklich steckte er das Handy ein.

Pabst sah ihn an.

«Was ist jetzt mit dem Katzenmörder?», fragte er.

«Wenn du Recht hast, mordet der nicht mehr», antwortete Bachmann leise.